GENTOSHA OUTLAW

甘く薫る桜色のふくらみ

うかみ綾乃

幻冬舎アウトロー文庫

甘く薫る
桜色の
ふくらみ

目次

第一章　最後の清純派

1

「あれ、熱燗を頼んだのは二本だよ」

「また間違えちゃったのぉ？　しょうがないな～」

先刻から賑々しい男性六人の個室座敷。桜は慌てて余分な銚子を盆に戻した。

「申し訳ありません、うっかりしまして」

「いいよ、いいよ、きみがこれ一緒に呑んでくれるんならいいよ」

上座に座る年配の男が、赤ら顔で手首をつかんでくる。生あたたかく粘着力のある掌で勢いよく引っ張られた。

「あっ……」

まだ着慣れない和服のせいもあり、桜はあっけなく男の脇に尻をついてしまう。

「課長、それセクハラですよぉ」

「いいのいいの、そういううるさいことを言う女の子たちが今日はいないんだから」

「僕ら、さっきからきみがまた来てくれたらいいなって話しててさあ」

全員が全員、相当に酒が回っているらしく、酒臭い息を旺盛に吐き出してくる。

——どうしよう、早く片付けのほうに回らなきゃいけないのに……

ただでさえ混み合う金曜の夜、慌ただしい厨房が気になりながらも、桜は酔った男たちの強引さにしどろもどろで応対するしかない。

三週間前から働きはじめた、地元の駅前商店街の和風居酒屋だった。都心から離れていることもあり広々とした造りで、客層は仕事帰りの会社員から家族連れまで様々だ。桜にとっては、生まれて初めてのパートだった。お客さんたちに、ゆっくりと食事を楽しんでもらい、いい心地で家路についてもらえるような、くつろぎのひとときをお届けできるパートになりたいと張り切っていたのに——

「ほらほら、呑んで。ここの酒はどれも旨いねぇ」

《課長》が背中に手を回してくる。その指が帯の下、まあるく尻のあたりを撫で回しだす。

——どうしよう……誰か助けて……

襖の向こうの通路に眼をやり、だがすぐにそんな自分を叱咤（しった）した。

——いいえ、ここでお仕事させていただいている以上、私だってプロの仲居なんだもの。

自分でなんとかしなきゃ……

「では、ほんの少しだけ」

猪口(ちょこ)に軽く唇をつけ、呑むふりだけをした。それで勘弁してもらえると思ったのだが、

「うわー、なんて色っぽいんだ！」

「まるで日本酒のCMを見ているようでしたね！」

男たちが一斉に「これにも口をつけて！」「こっちにも！」と、四方八方から猪口を突き出してくる。あれよあれよという間に新しい猪口を持たされ、なみなみと日本酒を注がれてしまった。

――ああ、どうしてこうなっちゃうの……皆さん、悪い人じゃなさそうなのに……

「しかし本当に似ているなぁ」

右隣から課長が、肩を寄せてきた。しげしげと桜の顔を覗き込んでくる。

「え……」

「でしょう、でしょう。だからこの店をご用意したんですよ。課長がファンだった水本さくらそっくりの仲居さんがいるって、営業のやつらが騒いでいたんで」

慌てて猪口を傾け、顔を隠した。その拍子にうっかり、ひと口呑み込んでしまう。

「いえ、その……」

「ね、ね、こっち見て。ほんと見れば見るほどさくらちゃんだ。いやぁ、思い出すなぁ、伝説の引退コンサート『秘桜』、あれＤＶＤにしてまだ持ってるよ」

「僕らの時代の象徴でしたもんねぇ」

左隣からは眉毛の太い男が、毛深い手を膝に置いてくる。ふたつの手が、尻と太腿でもぞもぞと動きだす。

――あぁ、いや……外で働くことが、こんなに大変だったなんて。

うろたえながらも、自分がいかにいままで甘やかされて生きてきたのかを痛感してしまう。しかも今年でもう四十歳。四十路のパートの仲居さんがこうして客にかまわれるなどとは、想像もしていなかったのに。

「関井さんっていうんだ。きみ、旦那さんはいるの？」

名札をつけた胸をじっくりと見つつ、課長が尻を撫でる手に力を籠めてくる。野太い指先が踵のはざまにすべり込み、その奥の際どい場所にまで侵入してこようとする。

「主人は……いまは……」

指から少しでも逃れようと、桜は腰をよじった。するとまた目尻の垂れ下がった面々が、

「いまはって、もしかして離婚したとか？」

「許せないな、こんな美人を捨てる男がいるのか」

「だから生活に困って、この店で働いてるのかな」

ほうぼうから身を乗り出され、桜は酒臭さに息を止めるしかない。

尻の奥に、指がさらに入り込んできた。課長がにたにたとしつつ、尻に押し当てた指をくいくいと曲げてくる。

――あン……

平静でいようとしても、だんだん頬が熱くなる。指先は尻の割れ目をしっかりと捉え、執拗に撫で回してくる。

――いや、もう、泣いてしまいそう……

そこへガラッと、襖が開いた。

「お待たせいたしました。カレイの唐揚げ夏野菜餡かけです」

先輩の女性従業員が、大皿を手に入ってきた。テーブルに皿を置きつつ、眼鏡の奥でじろりと桜を睨む。

「ご注文は以上でお済みでしょうか。飲み物のほうもそろそろラストオーダーとなりますが」

「へえ、じゃあ『〆張鶴』の純米吟醸、関井さんが持ってきてよ」

「いえ、その、私、それでは失礼いたします……」

救われたような、だが申し訳なさと恥ずかしさでいっぱいの気持ちで、桜は逃げるように座敷を後にした。

「まったく、あんなのは適当に流しときゃいいのよ」

厨房に向かう通路で、先輩従業員が呆れた声を出す。

「すみません……」

「注文もお釣りも間違えてばっかりだし。店長も顔だけで雇うからこんなことになっちゃうのよ。ああもうこっちはいいから、カウンターで醬油差しのほうやってくれない」

「は、はい」

年下の先輩に指示され、桜は急いでホールに戻った。

空いたテーブルから醬油差しを下げ、盆に並べてカウンターへ運んでいく。毎晩、桜がまかされている作業だ。中身の醬油をいったんひとつの器にまとめ、醬油差しを洗い、またひとつひとつに注ぎ直すのだが、接客業務は臨機応変に行えない代わりに、こうしたちんまりとした作業は誰よりも丁寧で仕上がりがきれいだと、桜が唯一、褒めてもらえる仕事だった。

——だって、あなたのお店でも、これくらいのお手伝いはさせてもらっていたものね。

盆を運びながら、かつて一日の仕事を終えた夫と、メープルのカウンターでオリーブオイルを瓶に注いだり、モップで床を磨いたりした、優しい時間を思い出す。

しっかりしないといけない。もう守ってくれる夫はこの世にいないのだから――

十五歳でアイドルとしてデビューして十年間、芸能界の仕事しか知らなかった桜だった。芸名は水本さくら。当時は『最後の清純派』と呼ばれ、テレビでさくらを観ない日はないと言われるほど、毎日撮影にコンサートに取材にと、めまぐるしい日々を送っていた。

二十五歳のとき、ロケ先で偶然、中学時代の同級生と再会し、半年の交際を経て結婚した。それきりきっぱりと芸能界からは離れた。フレンチのシェフであった夫は、桜が妻であることは特に公にせず、ふたりきりの静かな生活を望む人だった。結婚して八年めには、夫は小さいながらも念願のレストランを開いた。

ささやかで幸せな、そんな暮らしが終わったのは三年前のこと。夫が急の病に倒れ、治療の甲斐なく逝ってしまったのだ。まだ三十七歳だった。突然の悲劇に、桜の世界は真っ暗になった。自分の景色に色がつくことは、もう二度とないと思った。

――でも、いつまでも泣いていたら、あなたも天国で心配するわよね。あなたと過ごした時間を無駄にしないためにも、もっと強くならなくちゃ。

俯いてばかりだった顔を、ようやく少し上げられるようになったのが、昨年の三回忌の後。金銭面では夫の生命保険金が遺されている。過去の仕事の印税も、ひとりで暮らしていける程度には入っている。だが自分も地に足を着けて、しっかりと働いてみたい。社会に出て仕事をしたい。

その思いではじめた居酒屋のパートだった。料理店であればシェフだった夫の仕事を身近に感じられもする。もう一度前を向いて、第三の人生を歩んでいこう――

そうして頼りないながらも、新たな一歩を踏み出したところだった。


醤油差しを盆に並べ、カウンターに向かうと、壁際の席でスーツ姿の大きな背中が丸まっているのが見えた。

「お珍しいですね、こんな時間まで」

挨拶すると、佐竹が振り向き、「ああ、こんばんは」と、ぼそっと答える。

週に三、四度、七時を回った頃に来店し、ビール一本で夕食を取っていく常連客だ。いつもは一時間ほどで切りあげるのに、今夜はラストオーダーの十一時を過ぎても、誰もいないカウンターで銚子を傾けている。

「これを呑んだら失礼するから」

「ごゆっくりなさってください。まだほかのお客さんもいらっしゃいますし」

と、後ろを通り過ぎようとして、

「きゃっ」

手元が揺らいだ。弾みで、盆の醬油差しがひとつ倒れた。ごろんと黒紫の液体を零して転がり、こともあろうに佐竹の膝に落ちてしまった。

「ごめんなさいっ、きゃあっ、すみません！」

急いで盆を置き、佐竹の足元に跪いた。醬油を被ったスラックスを彼のおしぼりで叩く。

「とんでもない粗相を……申し訳ありません」

しかしいくらおしぼりで叩いたところで、生地に付着した醬油染みが落ちようはずもない。

「クリーニング代、お支払いします。大切なスーツを汚してしまって、本当に……」

「いやぁ、これが割れないで良かった」

膝から拾いあげた醬油差しを、佐竹はのんびりとした様子でカウンターに置く。

「いいんだ、このスーツ、もう着ないから」

「え？」

「今日、僕の勤めていた支店が閉鎖されてさ」

そう言って、佐竹はまた猪口に酒を注ぐ。いつも動作のおっとりとした人ではあるが、今日はその手つきがどこか危うげにふらついていた。二重の深い眼も眠たげに垂れて、目尻に赤みが射している。

桜はおしぼりを裏返し、またトントンと彼の膝を叩いた。

「本当に大丈夫だから」

「今日は……お疲れさまのお酒なんですね」

「はは、そうだね。四十五歳で失業だなんて、実際に体験すると驚くよ。本当に起こるんだなぁ、こういうこと」

他人事（ひとごと）のように、佐竹は軽く笑う。

「閉鎖は、いつ決まったんですか」

「昨日。それで系列会社の倉庫に行くか、退職するか、週明けに返事をするよう言われてる」

「突然……なんですね」

「そういうの、法的にはいけないことになってるんだけどね。でも申し立てをしたところで、社長だってない袖振れないし。ずっと社員にはわからない苦労を抱えて、ギリギリまで踏ん張ってくれてたんだよね。町の小さな電器店でさ、でもお得意さんもけっこういて」

大きな肩を壁にもたれさせ、佐竹は思い出すような眼で話している。いつになく饒舌だった。

「ひとり暮らしのおばあちゃんちだったら、エアコンをつけたついでに、庭の伸び過ぎた梅の枝を切ったり、玄関の引き戸がキーキーいってるのを直したりして、お礼にって水羊羹をもらったりさ。昨日も電球をつけ替えた後におかきをもらったんだけど、食べてなくなってしまうの、もったいないなぁ」

「頼りにされていらしたんですね。きっと倉庫のお仕事でも――」

「倉庫も定員があるから、僕のほうは、ほかの家族持ちの人たちがどうするかで決めようと思ってる」

「佐竹さんは、ご家族は」

「妻がいたけど、亡くしたんだ。病気で、五年前」

淡々と答えられ、桜は声が詰まった。

すぐに佐竹が、焦ったようにおでこを掻く。

「ごめん、気を遣わせるようなことばかり言って。僕、やっぱり呑みすぎてるね」

「いえ……」

桜はまた、佐竹の膝をおしぼりで叩いた。

「本当にいいんだよ。このスーツ、妻がプレゼントしてくれたんだけど、もうくたびれきってたし。最後にきみが、いい思い出をデザインしてくれたんだよ」

トントンと大切に叩きながら、その優しい声に、鼻の奥が熱くなってしまう。

「はは、こんなおっさんが似合わないこと言ったね」

「おっさんじゃ、ありません。佐竹さんは……」

おしぼりを握りしめ、桜は彼を見上げた。

しょっちゅうひとりで夕飯を食べにきている佐竹が妻子持ちなのか否か、以前、女性従業員たちが噂していたことがあった。愛想というか表情に乏しいもの静かな風情が、見ようによっては陰気にも映るらしく、結婚歴はゼロだとか、奥さんに逃げられてああなったのだとか、好きなことを言われていた。カウンターで屈(かが)みがちに食事する様子ももっそりと草を食(は)む草食動物みたいだとのことで、ひそかな渾名(あだな)は「犀(さい)さん」だ。

けれど桜には、そんな彼のまとうゆうるりとした空気が、どことなくホッとするものでもあった。視線を落としぎみの歩き方も一見、無造作でありながら、実はほかの人には見えない、自分だけの踏み石を選んで歩いているように感じる。彼が立ち去った後の椅子には、穏やかな気配が残っている気がし、桜はカウンターを拭きながらいつもあたたかな気持ちになるのだ。

「……佐竹さんは、素敵です。奥様もきっと、『お疲れさまでした』と、心からねぎらっていらっしゃると思います」

涙声になってしまい、耳が熱くなった。

「すみません、出過ぎたことを。いま替えのおしぼりをお持ちしま……」

立ち上がった途端、ぐらりと佐竹の体が傾いた。

のしかかられて、すとんと腰が、彼の隣の椅子に落ちた。

「え……？」

慌てて身を離した。と、またぐらり、丸い肩が覆い被さってくる。

「ど、どうしたんですか」

「みよこ……」

酒の匂いに混じって、かすれた声が漏れた。

こめかみに触れている、彼の顔を見た。眼は閉じている。唇は小さく開かれて寝息をたてている。体はずっしりと桜によりかかったまま、大木のように動かない。

「みよこさんて、亡くなった奥さまのお名前ですね」

答えが返ってくる代わりに、太い眉頭がかすかに寄った。

カウンターに置かれたままの彼の手に、桜はそっと両手を重ねた。

周囲には誰もいない。ふたりの背後は個室座敷の通路に繋がっており、奥から襖ごしの笑い声が響いている。

「今日は好きなだけ呑んで、ゆっくり休んでください」

起こさないように囁いて、重ねた手を、自分の胸元へ引き寄せた。

職場がなくなり、思い出のスーツとともに亡くなった妻を想って、彼は今夜、とても淋しかったのだ。

――この人になにか、ぬくもりを感じてもらいたい……

掌を、胸のふくらみに当てた。

「う……」

佐竹の喉が、かすかに鳴った。

乾きぎみの彼の手が、指を軽く曲げた形で胸丘を覆っている。着物の生地を通して、自分より少し高い体温が伝わってくる。

桜は彼を見つめ、筋の浮いた手の甲を、両手で押し包んだ。

大きさはあるほうではないが、ないほうでもない。この胸なりの柔らかさを、少しでもお届けしたい。

重みのある手を、上下させた。佐竹がわずかに身じろぎし、「うん……」と声を出す。

――あ……

彼の眉間の皺が、徐々に解けていくのがわかった。寝息も心なしか、穏やかになっていく。

もう一度、胸に掌を押しつけた。すると彼の手が、操り糸に吊られたように、ぎこちなく動きだした。

　五本の指がじわじわと、乳丘を撫でて開いてくる。指先が裾野まで下りた。今度はふくらみに指先を埋めるように、やんわりと握りしめてくる。

　肌の下で、ジン、と微電流が流れた。

　指が動きだす。鷲づかみにした柔乳の感触を確かめるように、ゆっくりと閉じたり開いたりを繰り返す。

　——あ、ン……

　着物の下、押さえつけられた先端がわずかに疼(うず)いた。掌の感触を敏感に受け止め、あたたかな粒子を溜め込んでいく。

「みよこ……」

　口の中で呟き、佐竹が衿元に鼻先を寄せてきた。酒に火照(ほて)った吐息が、仄(ほの)かに鎖骨に吹きかかった。

「はうっ……」

　思わず声が漏れてしまい、桜はくっと唇を噛んだ。

　胸を揉みしめる彼の手が、先刻よりも熱く湿りを帯びている。力も強くなる一方だ。掌全体で丸みを握りしめ、わらび餅を成形するような手つきでぐにゅぐにゅと揉み込んでいる。

　そうして安らかな寝息をたてながらも、指のはざまで尖った媚芯を押し捏(こ)ねてくるのだ。

——ああ、こんなふうに、奥さまのことを愛していらっしゃったんだわ……

絡み合う吐息が桜の頬を濡らし、深く肺まで満たしてくる。胸にも背中にも汗が滲みだす。ふくらみを覆う掌の体温に、体が蒸されていくようだ。

——このまま許される限り、この人の夢に留まってあげたい……

そう思った刹那、スルーーと、手が衿元にすべってきた。湿った指が衿の合わせ目を越え、首筋に触れた。

「あ、だめ……」

咄嗟(とっさ)に身を引きかけたが、

「ああ……」

佐竹の喉が、心の底から安堵するような溜め息を吐き出した。

もたれかかった体が、いっそうだらりと弛緩していく。その分、重い。けれど、拒んではいけない——

指が衿口に忍び込んでくる。鎖骨に触れ、もっと柔らかな感触を探すように下のほうへおりてこようとする。

肌をまさぐるその切実な力に、桜は身を委(ゆだ)ねた。こわばってしまいそうな肉体から、懸命に力を抜いた。どこもかしこも柔らかでいて差し上げたい。

汗ばんだ指先が、柔肉を踏みしめ、突端に近づいてくる。湿った感触が乳丘の中腹まで辿り着き、先端近くにめり込んだとき、

「あっ……ン……！」

腰が思わず、ヒクンと浮いた。

零れそうな声を呑み込んで、桜は彼の腕をぎゅっとつかんだ。

男の人にこんなふうに触れられるのは、夫が亡くなってから初めてだ。自分でも意識しなかった女の疼きが、佐竹の指に掻き出されていく気がする。

指は甘く爪を立て、皮膚をやんわりと摩っている。蠢く仄かな圧迫が、乳肌を通して先端に伝播してくる。

「あぁ……」

下半身がひとりでにくねりだしてしまう。まるで椅子に秘所を擦りつけるような、はしたない動きが止まらない。

――だめ……こんなの、私……

とろり――

体の内側で、熱い潤いが流れた。

――あ、あ……

その瞬間、

「トイレどこだぁっ、くそー、さっきも行ったのにわかんねー」

襖の開く音が響いた。通路の奥から、サンダルの足音が近づいてきた。

ハッとして、桜は佐竹から身を離した。

だがあたふたとしたせいで、手をなにかにぶつけてしまった。

ころん――カウンターで銚子が倒れた。

「あっ」

手を伸ばしたが届かない。銚子はころころとカウンターの端まで転がっていく。

ゴトンッ！「うわっ！」

悲鳴があがった。

振り返ると、スーツ姿の男性客が、床に尻もちをついていた。

「きゃあぁっ、すみません！」

慌てて駆け寄った。

「痛ったいな！　どうしてくれんだ！」

男性客は六十前後くらいだ。転がった銚子を足元に、床に手をついたまま、額の上まで真っ赤に染めて怒鳴っている。彼の大声に、通路の襖が次々と開き、厨房から従業員たちも駆けつけてきた。佐竹は「え」と顔を起こし、眠たげな眼で周囲を見回している。

「申し訳ございません！」

「関井くん、またきみか……」

店長がうんざりと肩を落とした。

桜はひたすら頭を下げ、男性客の前に膝をついた。

「本当に申し訳ございません。お怪我は……」

「んなことよりクリーニング代出してくれよ、背広も酒でびしょびしょだ！　これ幾らしたと思ってんだよ！」

呂律の回らない口調で、男性客は怒鳴り続けている。店長は平身低頭で謝罪しつつ、ぼそりと桜に、

「きみねぇ、美人だからってことで雇ってるんだから。もうちょっと上手いこと立ち回ってくれよ」

「……すみません」

冷たい言葉に、また涙が出そうになった。

そのとき、

「転んだくらいで、大袈裟ねぇ」

ふいに入り口のほうで、涼やかな声が放たれた。

一同がちらりとそちらを見、次いでもう一度、風音をたてる勢いで振り返った。

鍔の広い帽子を被った女性が立っていた。ふんわりと波打つ亜麻色の髪を揺らし、カツカツとピンヒールを鳴らして近づいてくる。

「男ならいつ足を掬われてもいいように、絶えず周囲に気を配っているものよ。ハイヒールを履いて仕事する女を見習いなさいな」

男性客も周りの客も従業員も、ぽかんと口を開けて、彼女の美貌と存在感に気圧されている。

「もしかして……三上麻矢……？」

客の誰かが呟いた。

「ほんとだ……三上麻矢だ」「すげぇ、本物だよ！」

あちらこちらで声があがり、店内が一気にどよめいた。どよめきながら通路に飛び出し、バシャバシャとケータイで写真を撮りだしている。

当の麻矢は澄ました顔で店長の前に歩み寄り、優雅に腰を折って会釈した。

「店長さん、私のお友達が大変なご迷惑をおかけいたしました。誠に勝手を重ねますが、本日限りで彼女にお暇をいただきとう存じます」

時代劇に出てくる奥方様のような言い回しでにっこりと店長と握手し、放心したように彼女を見上げている男性客とも握手する。

次いでその手が、桜に差し伸ばされた。

「さあ、いらっしゃい」

「え……そんな……無理よ、私、仕事中で……」

突然の友人の登場に、桜はうろたえるしかない。

「桜、いまは日本中、大の不景気なのよ」

桜を引き立て、麻矢が静かに告げる。

「あなたみたいなぼんやりした女がここで働くということは、もっとふさわしい能力を持つ方々の職を奪うということなの」

そのままぐいと引っ張っていく。

「待って、麻矢、私、ここでもっと――」

頑張りたいのに――

手を引かれながら振り向くと、佐竹がきょとんとした顔で立ち尽くしていた。

ごめんなさい……もっとあなたとお話ししたかったのに……最後の最後まで、ご迷惑をおかけして……

「店長さん、皆さん、申し訳ござ……」

最後まで言い終わらないうちに、麻矢が扉を開け、桜は店の前に停まっていたタクシーにぽいと押し込まれた。

2

到着したのは、五反田の住宅街に建つ麻矢の邸宅だった。

シャンデリアが煌めく三十畳ほどのリビングで、麻矢が北欧調の食器棚から取り出したスコッチをグラスに注いでいる。

「まったく、呑み屋で働きだしたと聞いて心配していたら案の定だったわ」

と、備えつけのバーカウンターで氷を落とし、桜に手渡す。

「ありがとう……」

一年ぶりに訪れる友人の家で、桜はシルクのパジャマに着替えさせられ、落ち着かない気持ちでソファに座っていた。

麻矢は同じく光沢のあるナイトガウンをまとい、スコッチの跳ねた指を舐めつつ冷蔵庫を開ける。

「知らないおじさんから怒鳴られるなんて、あなたにはびっくりすることだったでしょう。なにしろ大作映画の主演でデビューして、そのまま人気アイドル一直線だったものね。私はデパートの屋上で、ほかのアイドルのファンから生卵をぶつけられながら歌ったこともあるけど」

麻矢は桜と同期でデビューした元アイドルだ。その鋭いほど整った目鼻立ちや歯に衣着せないもの言いがアイドルファンから敬遠されていた時期もあったが、デビューして一年後、深夜ドラマのミステリアスな美少女役で人気に火が点いた。以降、桜と並んでアイドルのトップに立ち、四十一歳となったいまでも芸能界の第一線で、妖艶な役どころを得意とする女優として活躍し続けている。

「あのおじさんも、きっと仕事かなにかで嫌なことがあって虫の居所が悪かったのよ。でも今夜はいい夢を見るんじゃないかしら」

言いながら、麻矢がブルーチーズと葡萄（ぶどう）を載せた皿をテーブルに置く。そして桜の向かいで猫脚のソファに腰をおろし、切れ込みの深いガウンのスリットから肉感的な太腿をのぞかせ、優美に脚を組む。

「あ、あなたの前で太腿を出す必要はないわね。先週までベイビーちゃんがいたからうっかり」

と、両脚をソファの上に流し、ガウンの腰紐をゆるめだす。

「旦那さんとは話し合ってるの？」

「ワイドショーみたいな野暮なこと言わないでよ」

「今日は、私のことが心配で会いにきてくれたの？」

「単刀直入に言うわね、桜」

チーズのカット用ナイフを片手に、麻矢がナイフよりも鋭く光る瞳で桜を見つめた。

「あなた、アイドルに戻らない？」

「え？」

「私とグループを組むの。元トップアイドルたちの復活。絶対話題になるわ」

「ちょっと、え、なんの話？」

訊き返したが、シリアスな表情の似合う麻矢は、長い睫毛の先でいまにも突き刺してきそうな迫力を放っている。

「桜、働きたいんでしょう。仕事を持って生きたいんでしょう。だったら芸能界があなたにいちばんふさわしい場所よ。アイドルこそが、あなたがもっとも輝く仕事よ」

「待って、確かに仕事は持ちたいけど、私がいまさらアイドルなんて――」

「昔と変わらない、むしろもっと美しくなっているあなたに、世間は驚くはずよ。あの頃のファンはあなたを待っている。これからも、あなたが夢を与えるべき人は沢山いる」

「待ってよ、ねえ――」

旧い友人の立て続けの言葉に、頭がぼうっとしてついていけない。

「どうしてなの。あなたは女優さんのお仕事で忙しいでしょう。この前の『昭和サスペンス劇場』、颯爽(さっそう)とした刑事さん役が素晴らしかったわ。ちょっとした所作のひとつひとつに眼が惹きつけられて、台詞回しも格好よくて、さすが麻矢だと思ったわ」

「駄目なのよ」

長い髪を揺らし、麻矢が首を振る。

「正直言って、齢を重ねるごとに仕事が減ってるの。みんな私にアイドルだった頃のイメージを求めて、私もそこから脱しきれない。来る役は美しくてセクシーで気の強い女ばかり。でも二年後も三年後も、これを続けていられるのかしら。もしかしたら二年も経たずに、この世界に私の居場所はなくなっているんじゃないかしら。そう思うと怖くて夜も眠れなくなる。アイドルとして売れていた分だけ、堕ちる姿も際立つのよ」

「堕ちるだなんて、あなたがそんな言い方しないでよ」

「だから、元アイドルの自分を逆手に取るの」

「逆手に？」

オウム返ししかできない桜に、麻矢が身を乗り出す。

「映画の話があるの。私たちが昔、三人で主演した『伝説姉妹』、あの続編を、いまの私たちで撮るのよ」

「『伝説姉妹』を……」

懐かしさの込みあげるタイトルだった。桜が十八歳、麻矢が十九歳のときに撮影された青春映画だ。もうひとり、やはり仲の良かったアイドルとの合同主演作で、三者三様の個性と、雪山や嵐の中を転げまわる体当たりの演技が話題を呼び、現在もアイドル映画の金字塔として語り継がれている。

「インパクトとして申し分ないわ。いまでも私の代表作といえば、この作品がいちばんに挙がる。それはこの作品にこそ、誰にも真似できない三上麻矢が詰まっているからでもあるの。なにを演っても三上麻矢は三上麻矢。だったらそのことを、最高の形でこちらから突きつけてやるの」

「麻矢……」

「私、もう一度返り咲きたいの。桜、お願いよ、私と組んで。一緒にやって」

麻矢が固く手を組み、真剣に桜を見つめている。いつもは余裕ありげに煌めく瞳が、切羽詰まった色を浮かべている。

どうしたらいいんだろう。麻矢の必死さは痛いほど伝わってくる。力になりたい。大切な親友の頼みに応えたい。

でも、だからこそ、生半可な返事はできない――

「……ごめんなさい」

桜は姿勢を正し、頭を下げた。

「私、自信がないもの……もう一度、人前に立って演技するなんて……」

「あなた、ほかに自信を持てることなんてあったの？」

麻矢が不思議そうに瞬きした。

「え」

「あなたの取り柄は、ちょっと足りないんじゃないかっていうくらいの純真さと、親友から頼みごとをされたら絶対に断りきれないお人好しの性格でしょう。優しい旦那にも死なれて、もうあなたにはそれしかないじゃないの。だったら残されたものを上手く使うしかないじゃない。自分の持っているものを最大限に活かして生きるのよ」

自分でも頷いてしまいそうなことを畳みかけられて、桜はしょぼんと肩を落とした。

「……あなたってば昔から、熱が入ると言いすぎるところがあるのよね……」

「いいえ、言い足りないわ。断言するわ」

立ちあがり、麻矢は舞台で演説するように拳を振るいだす。

「あなたは三十年後、四十年後、おばあちゃんになっても可愛いわ。死ぬまでアイドルだわ。私、初めてあなたに会ったとき、殺してやりたいほど嫉妬してたのよ。先にのうのうと売れやがってって、トリカブトとか本気で研究したのよ。だけどあなたって馬鹿なウサギみたいで、放っておいたらすぐに死んでしまいそうだし、頭は鈍いくせに心が無駄に敏感だし。ウサギってね、人間の一・七倍も鋭い味覚を持ってるの。でもその優れた味覚は毒を察知するためじゃなく、ただ美味しいか不味いかを見分けるためにしか役に立っていないのよ。頓珍漢でしょう。人間でもたまにそういう頓珍漢な無駄だらけの人っているのよ。でもそういった無駄。無駄がこの世には必要なのよ。この世界は戦場だから、みんな誰かに甘えて甘えられたいの。無駄なふんわりをモフモフしたくてされたいの。ええ、あなたは齢を取ってもボケても可愛い！　変わらない！　あなたからアイドル性を取ったらなんにも残らない！　だから頓珍漢なくせにはた迷惑なパートをしようなんて考えはすぐさま捨てて、潔くアイドルとして生きるのよ！」

「麻矢、私、なにを説得されているのかしら……」

「私を助けて！　桜、さあ、私と一緒に来るのよ！」

麻矢がしなやかに腕を大きく広げたとき、万雷の拍手が一斉に、リビングで鳴り響いた気がした。

3

　翌日、桜は駅前の商店街をとぼとぼと歩いていた。

　歩きながら、昨夜の麻矢の言葉を反芻（はんすう）する。心にはいまだ迷いが渦巻いている。

　生き馬の眼を抜くと言われる芸能界に戻るなんて、そんな簡単にできることではないと思う。麻矢の熱意には心を動かされるが、下手をしたら、いままで必死にキャリアを築いてきた彼女の足手まといになる怖れもある。

　――でも確かに私、居酒屋さんのパートでも失敗ばかりしているもの。もしももう一度、誰かのお役に立てるのだとしたら、ひょっとしたらそれは……

「関井さん」

　後ろから声がかかった。振り向くと、佐竹が通りの買い物客の間をたどたどしく縫い、走ってくるところだった。

「良かった、会えて」

　ハァハァと息を切らし、目の前で立ち止まると、抱えていた赤い薔薇の花束を差し出してくる。

「これ……」

「昨日はありがとう。あの、話してる最中に眠ってしまってごめんなさい。その、短い間だったけど、一生懸命働いている関井さんは、素敵でした」

「佐竹さん……」

花束を受け取り、桜はぐすんと涙ぐんだ。ちょうど勤めていた居酒屋へ、ゆうべ着たまま出てしまった制服を返しにいった帰りだった。昨夜の詫びを伝えようとしても、店長も従業員も、桜が元アイドルの水本さくらだったと知って、あたふたと三週間分の給料を渡してくれるだけだった。

「それじゃ、これからも頑張って」

佐竹はお辞儀し、そのまま来た路を戻っていこうとする。

「待ってください、あの」

思わず呼び止めると、佐竹は、少し照れ臭そうに振り向いて、

「僕は歌とか映画とか疎くって、アイドルだったきみのこと、よく知らなかったけど、きみはこの三週間、間違いなく僕の……いや、あのお店のアイドルだったよ」

そう言って、また背中を向け、夕暮れの商店街を駆けていく。

――佐竹さん……

そんなに様になっているとはいえない、折り目の真新しいカッターシャツとチノパン姿だった。でも、青みが顔に映えていて、若々しくって、それはきっと、これから彼に似合っていくのかもしれない。

――あの方もいままでの制服を脱いで、次の人生を歩まれようとしているんだわ……

雑踏に消えゆく、丸く大きな背中を見送りながら、桜は腕の中の花束を、ぎゅっと抱きしめた。

第二章　ママはエンジェル

1

——これは現実じゃないわよね。私、悪い夢を見ているのよね……

かつて日本中から『仔猫の瞳』と評された眼をいまもまん丸に見開いて、こずえはドアの陰で棒立ちになっていた。

「あぁン、先生、そんなところ……感じちゃうぅ」

「じゃあ、ここは？」

「うふふ、うふうふ」

——嘘よ、嘘、これは夢よ、幻よ……

だがほんの三メートルほど先で、施術台に仰向けに横たわり、むっちりした白い太腿を開いているのは、つい三日前も近所の八百屋で「今日は白菜が百円ですって、助かるわぁ」

「駅前のスーパー、大麦豚ロースが百グラム八十九円ですってよぉ」と言い合った近所の三十四歳の人妻、明美であり、その両脚の間に入って太腿を撫で回しているのは、紛れもない我が夫、英介なのだ。

「先生ったらイケナイ人ね。今日の私の整体の予約、わざと最後に回しちゃうんだからぁ」

明美は英介を色っぽい眼で見上げて、「あハン」とまた下半身をくねらせる。その拍子にFカップはありそうな豊乳がTシャツを張りつめさせて揺れ、先端ではふたつの突起がポチッといやらしく浮きあがっている。

揺れるたびにたぷんたぷんと音の鳴るようなメロンバストを好色な眼つきで見下ろし、英介は太腿の内側へ手をすべらせていく。日焼けした筋の太い指で内腿の脂肪を撫で回し、

「だって奥さん、いつもノーブラでいらっしゃるんですから。奥さんを施術した後で、ほかの患者さんを落ち着いて診られるわけないでしょう」

「下着を着けないほうがリラックスできるって言ったのは先生よ。いつの間にかジャージまで脱がされて……」

英介がくいっと彼女の膝を持ちあげた。さらに太腿が大きく広げられ、明美は「あぁン」と小指を噛む。

どうやら彼女はショーツも穿いてこなかったらしく、薄いシャツ一枚の下は、いまや熟女のむっちりとした下半身が露わになり、その中心で、黒々とした繁みがふさふさと生い繁っ

ている。そして繁みの真ん中で、褐色を練り込んだようなピンク色の唇が、蛍光灯の明かりにぬらぬらとぬめり光っている。

「こんなにぐっちょり濡らして。マッサージされている間、ずっと我慢していたんですか」

にんまりとして囁き、英介の顔がぬめ輝く秘園に近づいていく。

「私の体を触る先生の手が、エッチだからよ」

「ふふ、エッチなのは手だけじゃないですよ」

スケベったらしい笑いを浮かべ、英介が舌先で、ぺろ……と秘唇をなぞりあげた。

「あクンッ!」

全身を弾ませて、明美は甲高い喘ぎを放つ。

「ほうら、どんどん溢れてくる」

英介が舌をくねくねと動かしだす。クチュクチュ、グチュ――卑猥極まりない粘着音が、施術室中に響き渡る。

――ひどい……ひどすぎる。

茫然と立ち尽くして、こずえは目の前の光景に囚われていた。いますぐ中に飛び込んでふたりを殴ってやりたい。なのに手も脚も粘土で固められたように動かない。

「先生、あぁン、そこ、感じるのぉ」

人妻の淫蜜にまみれた秘唇の脇を、夫の舌がゆっくりと上下に舐めている。福々しい大陰唇は蜜液と唾液にそぼ濡れて、よじれる繊毛が舌肉に絡みついている。

「気持ちいい、先生……」

明美はしきりに腰をくねらせ、両手を自身の胸に持っていく。掌で豊かな乳丘を掬いあげ、ぽっちりと浮きあがった突起を、親指と人差し指できゅうっとつまむ。

「は、ぁン」

「乳首も感じたいんですか。欲張りな奥さんですね」

英介はくふふ、と笑うと、明美の腰を高く上げ、白い脂肪の載った両脚を自分の肩にかけた。そのままぐいいっと、彼女の胸のほうに前進する。

「ああン、なんてアクロバティックな体勢なのぉっ」

全身をくの字に折り曲げた人妻の股間に、英介はまた舌を伸ばしていく。同時に、ちょうど目の下に位置した乳首を、指先でくにゅっとつまみあげる。

「あハゥンンッ！」

ひと際大きなよがり声が、ドア口に立つこずえの耳を打った。

「どうですか、乳首とおまんこをいっぺんに攻められる気持ちは」

ぴちゃぴちゃ、ぺろぺろ、秘唇を舐めながら、英介は生地ごしに乳首をひねったり、くいくいと引っ張ったりしている。

「いいの、いいわ、さすが元プロ野球選手の指よ、ゴツゴツして力強くて、素敵……」

——それは……私が最初に言った台詞よ……！

ショックに眩（くるめ）きながらも、こずえは心の中で怒鳴った。

——もっともそのときは「元」じゃなくて現役だったけどね！　結婚してすぐに引退して、いまはただの甲斐性なしよ！

こずえは今年三十九歳。七つ年上の英介とは二十四歳のとき、スポーツ番組の取材で彼の所属する球団を訪れたのがきっかけで、交際をはじめた。

十四歳でアイドルデビューし、歌手、女優業のほか、バラエティ番組等の司会アシスタントもこなす人気タレントだったこずえは、東京、深川で生まれ育ったチャキチャキの下町娘。要領の悪い英介の代わりにデートの時間をやりくりし、やがてアイドルの時期を過ぎて二十八歳で出来ちゃった婚をするまで、ふたりの関係を大切にあたためてきたのだ。

結婚後、こずえは家庭に入り、英介はその一年後に現役を引退した。スター選手ではなかった英介に球界や芸能界から声はかからず、整体師の資格を取って開業したのだが、稼ぎが激減したせいで落ち込むこともある彼を励まし、家計をやりくりしてきたのもこずえだ。

今日も二日前から、もんじゃ焼き屋を経営する実家へ子供たちと帰省中、ひとり残った夫がちゃんとご飯を食べているか心配で、こうしてお好み焼きをつくって持ってきたのに——

包みを持つ手がわなわなと震えている。頭は怒りと悔しさで活火山だ。

妻に覗かれているとも知らず、英介は鼻の下をにへらと伸ばし、手を人妻のTシャツへ潜り込ませていく。

「あぁン、先生……」

明美が頬を赤らめ、恥ずかしそうに肩をくねらせる。

Tシャツがたくしあげられた。まくれた生地の下から、真っ白な脂肪を張りつめさせた巨乳が零れ出た。

「あぁ、感動するおっぱいだ」

たわわな乳肉をむんずと握りしめて、英介がうっとりと声を出す。

明美は、「あぁん、そんなに見られちゃ恥ずかしい」と、胸を隠す振りをしつつ、両側から寄せあげてこれでもかとデカさを強調している。

「触り心地も最高だ。弾力があるのに柔らかくて、指がどこまでも吸い込まれていく。これぞ女の肉体だ、理想のおっぱいだ」

ぐさぐさぐさ——その言葉が、こずえの胸を突き刺した。

元野球選手の大きな手でもつかみきれない明美の豊満な胸と比べ、自分は寄せて盛ってなんとかBカップ。ふたりの子供を産んだ後はそれなりの大きさになったものの、そういえばその当時、英介がやたらと胸に触りたがってきたのを思い出した。子供に嫉妬して甘えているのかと可愛らしく思っていたが、なんのことはない、夫はただのおっぱい星人だったのだ。

――そりゃあ気の毒だったね、私なんかと結婚して、あんたの人生、色褪せちゃったでしょうね！

アイドルだった頃は、透きとおるような肌や、笑うとハート形になる唇、ぱっちりと大きくあどけない瞳が人気で、特に草原でキャンディを口に入れるエンジェル役のCMは、社会現象と言われるほど話題が沸騰したものだ。

だがトレードマークだったふんわりと長い猫っ毛は、妊娠を機に肩で切り揃え、それでも邪魔だからといまでは適当にひっつめているだけ。ここ数年は、夫の前でまともに化粧をしたのも数えるほどしかない。

――だって子育てと家計のやりくりで大変なんだもの。それもこれも全部、あんたと家族のためじゃないの！

怒り心頭のこずえの目の前で、英介は明美の乳首をくにくにとねちっこく捏ねくり回している。そうしながら、女陰に埋めている顔を前後させはじめる。

「はぁ、あンッ！」

腰を折り曲げた苦しそうな体勢なのに、明美は「くふぅっ、あぅンッ！」と喘ぎながら、肉感的な肢体をピクン、ピクンと跳ねさせている。

ぐちゅう――

卑猥な濡れ音をたて、舌先が秘肉に押し入った。

「あぁぁっ！」

空気を裂くような悲鳴が施術室にあがり、反り返った爪先が宙を掻いた。

舌を深く挿し込みながら、英介は自分の感じさせている人妻を、目袋をふくらませて見下ろしている。ぴちょ、ぴちゃと音を立てて、舌を泳がせ続けている。

――なんていやらしい顔なの……

許せない、許せない。いますぐ踏み込んで、やつをぶん殴ってやる。金玉を思いきり蹴りあげてやる。

だが、そうやって脚に力を入れようとすると、

「すごい、あぁ……っ」

女のよがり声に、またビクッと体がこわばってしまう。じゅくりと太腿が痺れるような感覚が、体の底から湧きあがってくる。

いつの間にか、自身の下腹部にグーの手を当てていた。

——嘘よ、私……こんなの見て感じてなんか……

「舌だけじゃいやぁン、もっと奥のほうまできてぇ」

挑発的に腰をよがらせ、明美が媚びるような眼で英介にせがむ。

「僕もですよ、奥さん。これを深く突き刺したい」

夫は明美の脚をおろすと、せわしい手つきで施術着のズボンを押し下げた。

ぶるん——ウエストゴムに弾かれて、巨棒が前に後ろに派手に揺れて現われた。見慣れているはずのこずえでも眼を見張るほどに、雄々しくそそり勃っている。胴幹は充血しきって赤黒く、太い血管を張り巡らせ、反り返った肉エラの付近は生々しく血の色を透かせている。亀頭の先は蛍光灯の明かりを反射して、鶏の照り焼きよりもギラギラと照り光っている。

——いや……！

人妻のなまめかしい肢体を組み敷き、覆い被さっていく夫から、できれば眼を逸らしたかった。なのに眼球が凍りついて、ふたりの姿から引き剝がせない。

下腹部に押し当てた手も離せないでいる。ふたりの昂奮が伝わって、熱く脈を打っている。

「あぁ、唇がぱっくり開いてますよ。ピンク色の中身までよく見える」

亀頭の先で女陰の裂け目を上下になぞりながら、夫の阿呆面がますます紅潮していく。

「お願い、早くきてぇ」

明美は汗ばんだ肉体をくねらせ、泣きそうな声でねだっている。

「いきますよ……」

ぽってりとふくらんだ秘唇のはざまに、亀頭の先端がにゅぷりとめり込んだ。

「はぁぁぁンッ……」

色っぽすぎる声が、こずえの立つ廊下にまでさんざめいた。

「あ、あ、大きい……いっぱいに、入ってくる」

「いいぃ、はぁぁ、たまらないぃぃ……！」

英介の腰がすぐさま前後に動きだす。ギシッ、ギシッと、施術台が軋（きし）みをあげて揺れはじめる。

同時にグチュッ、グチュチュゥッと、熟れきった粘膜の音がこずえの鼓膜を打ってくる。

「すごい……体中が串刺しにされてるみたい……！」

ぐいぐいと打ち抜かれる勢いで、明美の豊乳も雪崩（なだ）れるように揺れている。夫はその揺れを凝視しながら、旺盛に腰を突き上げている。

「おぉう、奥さんの中、ザラザラして狭くて、すぐにイッちゃいそうです」

——なによなによ、マントヒヒみたいに真っ赤な顔して！

口惜しさ一杯で毒づいたものの、先刻からジンジンと下腹部に溜まり続ける熱は追い払えない。

ぎゅっと拳を握って、疼きの源を強く押さえつけた。きつく閉じ合わせた内腿の奥で、ヒクンと秘肉が蠢いた。

——なんで……私……

「そこ、当たってる、当たってるのぉ！」

悲鳴じみた泣き声をあげて、明美が英介の腕を握りしめる。

「ここでしょう、ほら」

自身も顔中をしかめ、それでも明美を見つめて、英介は抽送の速度を高めていく。このところ垂れてきたその尻に、ピンと硬そうな筋肉の筋が浮いている。

——あぁ、あなたの男らしさを、いまさらこうして見せつけられるなんて……

ぐちゅっ、ぐちゅっ——

ギシッ、ギシッ——

「あはぅ、あぁン！」

粘着音と施術台の軋み音と明美の喘ぎ声が、どんどん間隔を狭めていく。

「奥さん、もう、イキそうだ……！」

脂ぎった顔をぐしゃりと歪め、英介が怒濤の突き上げを開始した。

「私も、イク、イク！」

明美が切迫した声をあげて、英介にすがりついた。

激しく揺れまくる巨乳を、英介は腰を打ち振りながらむぎゅぅっと握りしめる。この豊かな脂肪を掌に感じながらイキたいのだというように。

――私の胸を、あんなふうにつかんだことはないわよね……つかめないものね……

怒りで脳味噌を沸騰させながらも、こずえの心には淋しさがあった。

――私とのセックスより気持ちいいの？　いまどれくらい感じてるの……？

「あひぃ、気持ちいいっ！　出る、出る……！」

雄叫（おたけ）びをあげて、英介が猛烈に腰を振り上げた。

「私も、イクうぅぅンッ……！」

「あぁぁおぅぅぅっ……！」

ふたり同時に「うっ！」と呻き、動きを止めた。ヒクヒクヒクッと、明美の脚が痙攣（けいれん）した。

「はぁ、ほぅぅ……」と、気の抜けた声を漏らして、英介が彼女の上に倒れ込む。

そのまま汗まみれの肌を重ね合い、荒らいだ息を吐き、それからしばらくして、英介がもったりと起き上がった。

「タオルを持ってくるから、このまま待ってて」

うっとりと頷く明美の中から、萎れた陰茎を引き抜き、施術台から下りる。

そうして上半身は施術着、下半身は膝までズボンをずり下ろした間抜けな格好で、タオルの棚のあるドアのほうへ歩いてくる。

満ち足りたような放心したようなその表情が、数歩歩いて、硬直した。

「……え……？」

ドア口に立っているこずえと目が合ったまま、英介の顔がみるみる青ざめていく。

「『え』じゃないのよ」

ようやく自分を見た夫に、こずえの固まっていた足が一歩、動いた。もう二歩進んで、英介の前に仁王立ちした。

「そんなに爆乳が好きならね、一生、乳牛とやってなさいよ！」

渾身の力で拳をぶちつけた。

「ぐえ……」

豆腐の潰れたような声を出して、英介が仰向けに倒れていく。

「あんたなんか離婚よ！　二度と顔も見たくない！」

怒鳴りながら、そこら中にある書類やタオルやスリッパを投げつけた。すぐに涙が零れそうになって、こずえはその場から飛び出した。

2

「ママー、お帰りー」

実家の玄関の引き戸を開けると、ふたりの子供たちがぴょこんと台所から顔をのぞかせた。十歳の省吾と八歳の真菜だ。

「パパ、元気だった？　お好み焼き、全部食べてた？」

「うん、食べ……」

……てたよ、と言おうとして、こずえは不覚にも声が震えそうになる。

省吾は元プロ野球選手の父親に懐いており、彼がコーチをしている地域の少年野球チームでショートを守っている。真菜は自分に似たのか歌うことが大好きで、パパが晩酌をはじめるといつもスカートをひらひらさせて、テレビで憶えたばかりのアイドルソングを歌うのだ。

こんなに可愛い子供たちがいるのに、あの人はよくも家庭を壊すような真似を――

しかも相手は同じ町内の人妻なのだ。明美の真っ白でむちむちした太腿を撫で、豊かな胸を揉みまくっていた夫の好色な横顔が、いまも頭に浮かんで脳味噌が茹だりそうになる。

涙を堪えて、にっこりと子供たちに訊いた。

「ふたりはなに食べた？　今日はおじいちゃんとおばあちゃんになにをつくってもらったの？」

父も母も、この時間帯は経営するもんじゃ焼き屋で忙しい。

「さっきお姉ちゃんにスパゲティをつくってもらったの」

「すっごく美味しかったよ、ママの分も残してあるよ」

「お姉ちゃんって？」

ふたりの言葉に首を傾げると、

「数年ぶりにナポリタンをつくったわ。私が唯一できる料理よ」

台所から、首に赤銀色のスカーフを巻いた女が出てきた。下町の古く狭い民家にはあまりにも不釣り合いな、後光が差した超絶ピカピカオーラに、一瞬、度胆を抜かれ、次いで懐かしさが込みあげた。

「麻矢！」

「久しぶりね、こずえ。会いたかったわ」

ふっくらと形のいい唇で微笑み、子供たちの肩に手を置く友人の優しげな姿に、抑えていたものがどっと溢れた。

「麻矢ぁぁっ！　うえええええん！」

抱きついた。昔から頼りになる親友の胸に顔を埋めると、涙がぼろぼろと零れて止まらなくなった。

「あらあら、どうしたの」

麻矢がよしよしとこずえの頭を撫でる。そこへ、

ガラガラガラッ！

勢いよく玄関の引き戸が開いた。

「こずえっ！」

駆け込んできた英介が慌ただしく靴を脱ぎ、息せき切って床に手をつく。

「すまんっ、さっきのことはホントにすまんっ！」

「うるさいっ！　その顔、二度と見せるなって言ったでしょ！」

麻矢にしがみついて怒鳴ると、省吾と真菜が不安そうに、「どうしたの？」と訊いてくる。

「頼むっ！　ちょっと魔が差したんだ、この子たちに免じて許してくれ！」

「免じないっ！　いますぐ出ていけ、虫唾が走る！」

泣いて喚くこずえを抱いて、麻矢が「あン、なるほどね」と、肩をすくませた。

「ちょっとした出来心ってやつなんだ！　俺は天地神明に誓っておまえたちを大事に思っている！　そのために仕事だって一生懸命――」

「仕事場で一生懸命、なにをやってたのよっ！」

麻矢の胸で、こずえは怒鳴り罵る。

「真菜は今度学校で、『パパのお仕事』って作文を書くのよ！　あんた、今日の自分の仕事場にこの子たちを連れていける⁉」

「パパぁ、ママはどうして泣いてるの？」「パパぁ」

「いや、その、ごにょごにょごにょ……」

子供ふたりに見つめられて、豪気な彼もへなへなとなる。

「まぁまぁ、省吾くんと真菜ちゃんの前で痴話喧嘩はおやめなさいな。ふたりともびっくりしてるじゃないの、ねぇ」

「痴話喧嘩じゃないもんっ！　本気の修羅場だもんっ！」

麻矢にも八つ当たりして喚き、だが彼女が子供たちの立場でいなしてくれたおかげで、こずえの頭に少しずつ理性が戻ってきた。だから言いたいことだけ最後に言ってやる。

「あんたなんかいないほうが清々する！　この甲斐性なし！」

「なにをう！」

その言葉に人一倍敏感な英介が、一気に逆上した。

「俺が甲斐性なしだとう！　おう、誰のおかげで飯が食えてると思ってんだ！」

「私が仕事を辞めて毎日ご飯をつくってるからでしょ！　昔の私はあんたの何倍稼いでたと思ってんのよ！」

「おまえっ、いまっ、絶対に吐いてはならない禁句を吐いたな！」

「ほぉんと、吐いちゃったわねぇ」

と、麻矢がまたいなすんだか煽るんだかわからない茶々を入れてくる。

「なによっ、本当のことだもんっ！」

「だから、あなたがまた稼げばいいんだわ。アイドルに戻ればいいのよ」

「え」

「え」「え」「え」

思わぬ言葉に、家族四人がハモって訊き返した。

「ママがアイドルに戻るの？」

周囲の噂でこずえが元アイドルだと知っている省吾は、さっきまで不安げだった眼をキラキラさせて見上げてくる。

真菜も同じだ。

「ママ、アイドルだったってほんとなの？　この前テレビに出てたのは、やっぱりママなの？」

「ああ、地上波放送された『伝説姉妹』のことね。そうよ、あの天使みたいな末っ子の女の子は、あなたたちのママなのよ」

麻矢が、聖母マリアのような微笑みで子供たちに答えている。

「ママがまたアイドルになったら、ふたりとも応援するわよね」

「うん！」「うん！」

「ちょっと麻矢、なんのこと！」

慌てて割って入ったが、子供たちはすでに顔を輝かせて嬉しそうだ。

「すごいね、パパ！」

「ママがアイドルになるんだって！」

英介はそんなふたりとこずえに、口をパクパクさせるだけでいる。

麻矢がふたたび、くすりと微笑んだ。

「こずえ、子供たちのためにも、あなたが稼げるママになりましょ」

第三章　誘惑の唇

1

薄闇の中、ポッと小さな灯りがついた。北岡の手にしているペンシルライトだ。ベッドの上、麻矢の開いた太腿の中心部を照らしている。

「ンッ……」

羞恥に身をよじると、

「ああ、いまきみの上品な唇が、ヒクッと震えた」

脚の間、尖った岩のような体を屈め、北岡がライトで照らした一点をじっと覗き込んでくる。

「はぅっ、ン」

腰に枕をあてがわれ、せり上がった下腹部から太腿に、麻矢は指先を這わせた。オレンジ色のＬＥＤライトが仄かな熱を寄こしてくる。かすかに揺れながら上下に秘唇を舐め、内股の付け根のくぼみから、その上の敏感な突起までなぞっている。黴く微熱の愛撫に、じっとしていられない。

「今日は一日、スタジオで通し稽古だったんだろう。沢山、汗をかいただろうね。トイレには何回行った？」

光る秘所に顔を寄せ、北岡はくんくんと鼻を鳴らす。

触れるか触れないかの鼻頭の気配に、麻矢はぎゅっと内腿をつかんだ。

「あぁ……」

北岡幸弘は六十八歳。麻矢が十九歳のとき、桜、こずえとともに主演した『伝説姉妹』の映画監督だ。

かつてアイドル映画のほか、国民的人気シリーズ映画の数本でもメガホンを取るなど、エンターテインメント作品を数多く撮っていた人気監督であり、同時に、その利益で年に一本は個人的趣味を詰め込んだピンク映画を自主制作していたという、世渡りに長けた畸人でもある。その彼が業界から突然、姿を消したのは八年前。釣りにハマり、釣り具屋を営む女にハマり、いまは清水の港町で女のヒモ同然の隠遁生活を送っている。

『伝説姉妹』の続編を計画した当初、麻矢としては若い気鋭の監督を探すことも考えた。北岡は、麻矢の夫が若かりし頃に助監督を務めていた師匠筋の男でもある。いまは北岡を超えるヒット作を放つ夫をさらに超えるような、新たな才能を麻矢は欲してもいた。

だがこの作品にはまた、その時代を生きた者たちだからこそ醸せる残り香が必要なのだった。そして潤沢に棘を生やした若い才気ではなく、幾度もたわみ、伸びきった枝をときには捥(も)がれもし、その捥がれた痕からしぶとく新たな刺を生やす執念が。

清水に北岡を訪ねた際、彼の風景や人間、通り過ぎる事象を舐め取る眼に、麻矢は直感した。その眼差(まなざ)しは齢を重ねて焦点を狭めた分、濃度を増し、官能的だった。

——少しの間だけ釣りをお休みしません？　いまお溜めになっているものを、私の体を使って吐き出していただきたいの。

今度の映画に濡れ場があることは、まだあのふたりには伝えていない。だが頼まれたら嫌とは言えない桜と、勢いに乗ればなんでもするこずえのことだ。ふたりの心を燃やしさえすれば、この映画は必ず成功する。

「彼女たちを説得できたのは、さすがだね」

「一度スポットライトを浴びたら、その味は忘れられないものよ……ン」

北岡の手が、麻矢の両脚をさらに押し広げた。

「このライトの味はどうだ。ほうら、可憐なお口がひとりでに開いて、お腹が空いたとねだっている」

ライトの微妙なぬくもりが、敏感な内部の肉にじわじわと伝わってくる。生あたたかい光の輪が、生き物の舌のように女陰をねぶってくる。

「あぁ、私のそこ、どうなってるの……」

「もう奥のヒダヒダまで見えてるよ。ピンク色の小宇宙がピクンピクンと動いている」

北岡が鼻先をますます接近させる。

「見られているだけで感じるんだね。ほうらまた、襞の間から透明な涎が……」

内部で蠢く媚熱に、麻矢はぎゅっと、自身の太腿に爪を立てた。

化粧もエクササイズもしようがない体の奥までライティングされ、視線で弄りまわされるのは、見られることに敏感な麻矢だからこそ耐えがたい屈辱となり、屈辱を克服せねばとの意欲を燃えたたせるのだった。緻密なカメラワークと長回しが特徴である彼の真髄はセックスにおいても遺憾なく発揮され、麻矢の劣情を煽ってくる。

「私は、才能のある男が好き……いやらしさだって、才能だわ……」

女園に手が伸ばされた。昆虫の脚のような尖った親指と中指が、秘唇の脇を左右に広げだす。

「は、あぅ……」

薄膚が引き伸ばされていく。ライトの下、クリトリスが赤裸々にくびり出され、ますます過敏に尖りだすのを感じる。

「ここも見せて」

ひし形に開いた媚唇が、内側に寝かされた。

「あぁ、あぁぁ……」

秘唇の脇溝など、ふだんは空気にも触れにくい箇所だ。そこまでライトで明らかにされ、微熱でねっとりと撫でられるのだ。

「感じ、ちゃう……あぁぁ、監督……」

直に触って……そう願うように、下半身がくねりあがってしまう。

北岡はまた鼻先だけを近づけ、くんくん、と鼻を鳴らす。

「さっきまでおしっこの匂いがしてたのに、いまは濃厚な女の匂いがしているよ」

ヒクンと、膝が弾む。洞察力と語彙力を持った男には、いくらでも言葉責めされたい。

「いやン、おしっこの匂いだなんて……」

「そうか、子供みたいで可愛いよ」

「監督……子供のおしっこの匂いを嗅いだことがあるの？」

「いや、放尿中の幼女は絵になるが、おしっこそのものには興味がない。セーラー服も好きだが、女子高生は野暮ったくてかなわん。だからきみが好きなんだ。アイドルの頃はセーラー服がまったく似合わなくて、いまはいまで熟女っぽい格好が似合わない。きみそのものは噎せ返るほどの色香を放っているのに、既存のイメージに沿った色気を与えようとすると反発する」

「じゃあいまなら私、セーラー服が似合うかもしれなくてよ。監督のためなら今度、試してみてもいいわ」

「ほう、きみも大人になって、そんなサービスができるようになったか」

「女はそこそこ苦労すると、男に優しくなるものよ」

「ここではどんな苦労をした？」

ふう、と、北岡の息が、秘園をそよがせた。

「あぁ、ン」

張りつめた媚肉に、あたたかな湿気が沁み込んだ。繊毛が揺れ、毛根までがくすぐられるようだ。

「監督、お願い、もっと――」

ヒクン、ヒクンと震えるたびに腰が浮きあがっていく。女の肉が、生の感触をどうしようもなく求めている。

だが、

「和馬にも苦労させられただろう」

次に発せられたのは、愉しくない言葉責めだった。

「なに、いきなり」

「別居して十二年か。きみもあいつに苦労させただろう」

言いながら、北岡はさらに淫膚を左右に広げてくる。

「やめて、冷めるわ」

「俺は冷めている女が好きだ」

そう言って唇をすぼめ、ヒューヒューと息を吹きかけてくる。

「ちょっと、やめてったら」

せっかく潤っていた媚肉が、細い息に冷えて乾いていく。

麻矢の訴えを無視し、北岡は息を吹き続ける。

「もう嫌」

脚を閉じかけたとき、生ぬるい舌先が秘唇の脇に伸びてきた。

「ぁンンッ」

冷えた膚に、それは火のように熱く突き刺さった。細長く濡れた火先をくゆらせ、ようやく秘肉を直になぶってくる。

「ひどい……散々焦らしておいて、こんなに間の悪い形で責めるなんて……」

「ふふふ……」

舌先がさらにうねりだす。

「あぁ、あ……」

すでに視線だけでもほぐされていた淫肉が、ぐずぐずと煮崩れて溶けていく。

「せっかく俺が仲人をしてやったのに」

「言わないでったら、もう……白けるわ」

このしつこさは歓迎できない。快感に酔わせてくれない北岡に怒りが湧き、だが怒れば怒るほど肌が火照り、昂奮が滾るのも麻矢だった。

「あぁ、そこ……そこなの、あぁ、ああ……！」

浮きあがった腰が、どうしようもなく反応してよがりだしていく。

「ああ、わかるよ。気持ちいいって、唇がヒクヒク震えて言っている。中はいやらしい涎を溜め込んで、ぬらぬら光って、いまにも溢れてきそうだ」

囁きながら、北岡はわずかな一点のみを執拗に舐めくすぐってくる。

「そうよ、感じてるのよ……私、私……」

くねくねと下半身が動き続ける。

「もっと……下から上まで……お願い、監督――」

「あいつの名前をうわ言のように呼び、喘いでいるきみも見てみたいな」

「監督……っ」

怒りともどかしさと快感がない交ぜになり、麻矢は涙声で叫んだ。

「そんな憎らしいことしか言わないのなら、もう嫌い！」

北岡を跳ねのけるように腰を振ると、

「こらこら、そんなに動いたら零れてしまう」

もったいないと言わんばかりに、北岡が女陰に口を押しつける。

「はぁぁぁンッ！」

敏感になりきった秘唇を、ぼってりと柔らかな感触が包み込んだ。

じゅるじゅるっ、じゅる――グラスから零れるビールの泡をすするように、唇が蜜液をすすりあげる。

またもや腰がくねりだしてしまう。

指が昆虫の脚なら、唇は巨大なゾウリムシだった。丸々とした二匹のゾウリムシがじゅるじゅると蜜を吸い込み、甘すぎる振動を内部の肉に伝えてくる。

「はぁう、あン、はン」

「美味い、きみは汗もおしっこも、この汁まで甘美だ」

賛辞を寄こしながら、北岡はゾウリムシのはざまからもう一匹、ぬるりと軟体動物をすべらせる。

「あぅぅぅンッ！」

ガクガクッと、下半身が痙攣した。

じゅぶじゅぶ、ちゅう——じゅぶじゅぶぅ……

猥褻な濡れ音を室内に響かせながら、ぬめる動物が上下左右に身を躍らせ、内部の粘膜を摩りあげる。

「ひうぅっ、あハッ！」

「すごい、舐めても舐めても、どんどん溢れてくる」

繊毛の煙る恥丘に顔を埋め、北岡は観察するような眼を寄こしながら舌肉をうねらせてくる。

「気持ちい……っ、はぅっ、そこ、そこ……！」

両腿で彼の頭を挟み、麻矢は腰を突き上げた。その拍子に、尖った鼻頭がクリトリスに触れた。

「はぅっ……！」

稲妻のような淫感が、その一点から注ぎ込まれた。

「いい、いいの、あぁぁ……」

我知らず鼻先に擦りつけるように、腰全体をなお揺り動かしてしまう。

北岡も顔ごと上下させ、ねちゃねちゃと音をたてて淫裂を舐め続ける。

顔が揺れるたびに、鼻の軟骨がぐりぐりと、媚芯を根元から練り転がす。粘液をまぶした舌先が、裂け目の奥をねぶり抜いてくる。

「あぁ、あぁ……感じ……すぎちゃう……！」

麻矢の額からこめかみに、汗がしたたった。二十五年間、カメラの前で歌い、演技をしてきたこの体は、滅多なことでは汗をかかないようにできている。なのにいまはこの唇を放したくないと、ぎゅっとこわばった太腿まで汗ばんで、膝の裏から脹脛へ、たらりと滴が垂れていく。胸の谷間でも引き攣った脹脛でも、汗玉が肌を伝い落ちる。

北岡がその汗の匂いまでしゃぶるように、内腿のくぼみにも舌を這わせ、すすりあげてくる。

「ぁハウンッ！」

もうどこをどうされても快感が衝き上がる。

「俺の口の中が、いやらしい液でいっぱいだ。鼻の中も、いや体中、きみの匂いが充満している」

尖らせた舌先で、北岡が膣の入口上部を舐めあげた。

「はぅっ！」

峻烈な刺激に、総身が弾けた。

舌肉はれろれろと蠢きながら、さらに奥まで侵入してくる。襞の密集している天井地帯を、にゅるりと濡れた先端で逆撫でしてくる。

「あぁぁっ……！」

くねっていた腰が、宙に浮いたまま硬直した。快感が一直線に全身を貫いている。肉体の中心で、野太い電流がジーンと滞留し、じわじわと枝葉を伸ばして広がってくる。

膣肉全体が喜悦に浸され、軽い絶頂感に意識が囚われていく中、舌肉はそれでも動きを止めず、ぐねぐねとくねり回り、内臓まで届きそうな圧迫感を寄こし続ける。

「いいの、いい……体が、おかしくなってしまいそう……」

「俺も、きみの汁で酔ってしまいそうだ」

舌の動きがいっそう速まった。衝撃が二弾、三弾と、威力を増して注ぎ込まれる。

「はぁぁぁンッ！」

北岡の頭を両手でつかんだ。ボサついた髪を掻き乱した。

「こんなの私、もう我慢できない……っ、欲しいのよ……！」

「辛抱が足りないね、役作りのためなら辛い筋トレもダイエットもやりこなすきみなのに」

「駄目っ、食べたいの、いま食べたい……！」

麻矢は身を起こし、北岡を突き倒すように仰向けにさせた。

転がった体のその中心で、白髪交じりのジャングルがもじゃりと広がり、細めだが長さのあるヤシの木がにゅっと突き出ていた。根元には皺だらけのヤシの実もふたつ、内腿に埋まって鎮座している。

「もう余計なこと、言っちゃ駄目よ。いまの私たちだけに集中して」

膝裏に手を添え、脚を開かせた。その間に顔をおろすと、ジャングルの繁みがもわっと頬をくすぐった。

片方のヤシの実を、掌に転がした。そうして、根元にふぅっと息を吹きかけてみる。

「おぅ……」

それだけで、二十七歳年上の男は裏返った声をあげ、腹筋をヒクンとこわばらせる。

ふぅ、ふぅ、と、繰り返し細めた息を吹きかけた。亀頭の裏側が枯れた木の枝元のように乾いていく。皮膚に貼りついた淫液が乾燥して縮こまっていくから、なおさら皺を寄せて萎びて見える。

存分に冬枯れさせた後で、今度は唇を少し開き、春のそよ風をはぁっ、と吹きかける。

「うぅっ……」

次は喉の奥から、ほぅっと梅雨の湿った夜風。そうして舌先に唾液を溜め、肉膚をちろっと舐めあげる。しとしとと降りだす雨だ。ツーと、根元から先端までよじ登る。

「うぅっ……」

ぶるぶるっと胴肉が震えた。

突き出した舌で、また裏筋をなぞりあげた。

「うっ、あぅっ」

喉声が放たれ、硬直した肉膚がピクピクと脈を打っている。

「次は夏の閉じ込められるような熱帯夜をあげる」

先端の鈴口に舌を沿わせ、ゆっくりと露頭全体を唇で包んでいった。途端に、ほろ苦い味が鼻の奥に広がった。ちゅっと吸い込むと、

「あぁおぅ……っ」

北岡が年上の貫禄を捨て去り、ドサッと枕に頭を落とした。

ちゅう、ちゅう――

やんわりと吸いながら、唇を静かに肉膚に這わせ、沈めていく。そうしながらときおり舌

を動かし、亀頭と肉幹の収斂部をくすぐってみる。

「うっ、はぅっ」

北岡はますます喉声をあげ、麻矢の頭をつかみしめてくる。指先を髪に挿し込み、たまらないという手つきでくしゃくしゃに撫で回している。

唇を肉幹の形に広げ、さらに深く呑み込んだ。ビクビクッと小刻みに震える肉胴に舌を這わせ、ねっとりと唾液をまぶしていく。みっちりと透き間なく唇を密着させると、そのまま顔ごと上下させた。

「おうっ、気持ちいいよ……！　きみの唇が、俺の上で動いて……」

「ん、ん……」

しゃぶりながら彼を見つめた。北岡は皺腹をこわばらせ、顔をしかめて歯を食いしばっている。そのくせ眼を見開いて、自身を咥えている麻矢を見ようとする。

「きみのきれいな顔が、俺のものをいっぱいに呑み込んで、歪んでいる……ああ、いやらしい……」

「ンン、あむ……」

眼と眼を合わせ、ひたすら舌を動かし、涎まみれの勃起肉をしゃぶり続けた。そうしながら掌で、ちょびちょびと陰毛を生やしたヤシの実を撫でさする。ふたつの実のあわいの肉道

を、中指の先でそっとくすぐった瞬間、

「おうぅっ！」

北岡がひと際大きな声をあげ、顎を突き上げた。口の中の肉幹もドクドクドクッと脈を打ち、張りつめた血管の凹凸がまざまざと舌肉に伝わってくる。

じゅるっ、じゅぼっ――

大きく口を開けて、根元深くまで呑み込んだ。喉奥に亀頭がめり込んでくる。苦しい。粘った唾液が込みあげる。でも喉肉で亀頭を揉み込むように、小さく顔を揺り動かす。粘りの強い口腔粘膜で、肉胴全体を擦りあげる。

「おうぅっ……麻矢……！」

北岡が勃起を引き抜いた。唾液が唇と亀頭の間で、長く太い糸を引いた。

「もう我慢できない……」

「私も……」

荒らいだ息を吐き、麻矢は身を起こした。仰向けになっている北岡の腰にまたがり、自身の涎にまみれた屹立の先端を、女肉にあてがう。

「あっ……」

触れ合った感触だけで、ビリッと甘い電流が走った。

「ちゃんと、見せてくれ……」

北岡が腹で呼吸しながら、ベッドに転がるペンシルライトを拾い上げる。灯りの先が、まずは麻矢の上半身に向けられた。

円形の光が乳房の先端を交互に舐め、ふたたびじんわりとあたたかな愛撫を寄こしてきた。そうしてみぞおちを這い、下腹部へと下っていき、触れ合っているふたりの局部で、ぴたりと止まった。

オレンジ色の輪の中で、黒紫にぬめり輝く剛直が、麻矢の翳（かげ）りに押し当たっている。ライトがわずかに動くと、剛直がゆらりと陰影を描き、翳りも漆黒を艶めかせる。

「俺たち、まるでホタルみたいだ」

「ええ……」

うっとりと、麻矢は微笑んだ。

「甘い蜜を吸い合うのよ、もう一度……」

静かに、腰を沈めていった。

「あっ、あぁ……」

猛々（たけだけ）しい肉の輪郭が、疼きの源へ沈み込んでくる。充血して潤みきった膣肉を押し拡げ、ずっしりと奥まで貫いてくる。

「はぁぁっぁ……！」

「おぅうっ！」

ふたり同時に悲鳴を放った。

「すごいわ、これだけで、私、イキそう……！」

腰が、自然と上下しだす。上半身を仰け反らせ、片手で北岡の脚をつかみ、欲望に向かって突き動く。

「俺もだ……きみの中が、きゅうっと吸いついて、根元から絞ってくる」

北岡も下から突き込みながら、ペンシルライトで繋がった局部を照らし続ける。

グロテスクで猥雑な光景だった。漆黒の叢と、荒々しく生え伸びたジャングルがもつれ合い、その中心で濡れまみれた剛直が、慌ただしく抜き差しを繰り返している。

「ああ、なんていやらしいの……ああ、ああ……！」

貫かれている様を目の当たりにするだけで、淫感がいっそう研ぎ澄まされてくる。膣肉が余すところなく押し潰され、新たな蜜を搾り取られていく。

ぐちょっ、ぐちょっ——

淫らな濡れ音が、結合部だけでなく、体の中でも重低音を鳴らしていた。

「すごい、気持ちいい、もっと、もっと……！」

腰を左右にくねりあげて、麻矢はせがむ。北岡が太腿に指を喰い込ませる。

「ぅおおうぅっ……」

喉声とともに、抽送が凄まじさを増した。

衝撃で、乳房が乱暴なほどに揺さぶられる。ぶるんぶるんと、乳腺が千切れてしまいそうな痛みが、体の芯で喜悦となっていく。

「あぁ……体が……どっかに、いっちゃいそう……！」

全身を仰け反らせ、陶然と身を委ねていたさなか、突然、グンッと激震が突き込まれた。

「はぁあうっ！」

激烈な絶頂感が、体内で火花を散らした。意識が眩いた直後、
ぐいっ、ぐいぐいぐいぃっ——

下から容赦ない強打が寄こされた。

「あぁぁぁ……！」

鮮やかな快感が、ふたたび麻矢を覚醒させる。負けず嫌いの本能に押され、無我夢中で腰を打ち振る。

「はぁっ、あぁっ、あぁぁっ！」

肺が悲鳴を放ち続けている。迸る灼熱の波に体ごと流されてしまいそうだ。

「すごいの……私……感じすぎて、もう……」

「きみらしくないな」

北岡が上体を起こし、繋がったまま麻矢を押し倒した。両脚を高く抱えあげ、いっそう猛りきった怒張で打ち貫いてくる。

「あぁあっ、いいっ！」

快感の在り処を握りしめるように、麻矢は下腹を強く押さえていた。

「当たってる、当たって……ここ……！」

猛然と突き込む北岡の輪郭が、掌にまではっきりと伝わってくる。狂おしい愉悦に、ひたすら腹に爪をめり込ませ、あさましく悶えよがるしかない。

「気持ちいい、気持ちいい、あぁぁぁあっ！」

「俺もいいよ、きみのが、きつく絡まるみたいで……あぁあっ」

北岡が汗をしたたらせ、仕上げの抽送を開始した。ボタボタと揺れる乳房に雫を振り落とし、凄まじい快感の塊を注ぎ込んでくる。

「はぁぁぁあっ……イク、イキそう……あぁっ、イッちゃう……！」

シーツを引きつかんだ。絶頂の波がふくらんでくる。逆巻くうねりが全身を押しあげ、飛沫を舞い散らせ、全身を渦のさなかへ巻き込んでいく。

「麻矢、イクぞ、おう、おおおおうぅぅっ！」

「あぁぁぁっ、イク……イク、イクぅぅぅっ！」

何度もイク、イク——と絶叫を放ち、麻矢は愉楽の波間に、身を投げ出していた。

2

ジュウゥッと、フライパンから香ばしい煙が立ち上った。火を止めてすぐ皿に盛り、テーブルにいる北岡の前に置いた。

「おう、美味そうだ」

洗い髪を拭いていた北岡がその手を止め、粉チーズをこんもりと振りかけて、ひと口すする。

「うん、絶品だ。まさかきみがこんな美味いものをつくれるとは」

「まあね」

自分はダイエットのためにワインだけを呑み、麻矢は向かいに座った。

まんざらお世辞でもなさそうに、北岡は「美味い、美味い」と褒めつつ食べている。

「それ、今日、こずえの子供たちにもつくってあげたの」

「喜んだだろう。ソースがまたいい、風味が絶妙だ」

「ふぅん」

風味もなにも、市販のケチャップで炒めただけのナポリタン・スパゲティを、そういえばあの子たちもピーマンまで美味しいと平らげていた。

頬杖をつき、麻矢はグラスを揺らした。

ナポリタンは夫のいちばん好きな料理だった。十四年前、二十七歳で結婚したとき、それまでほとんど包丁を握ったことのない麻矢に夫も手料理を期待してはこなかったが、これだけはつくり方を憶えようと、北海道産手作り高原ウインナーソーセージや紀伊国屋で購入したブランド野菜の玉葱やピーマン、オランダ産のマッシュルーム、イタリア産のポモドーロ・ソースにイタリア産高級パルミジャーノ・レッジャーノを揃えてキッチンに立ち、何度も野菜を黒焦げにしたり、盛大に鍋から吹き零れるパスタの茹で汁に苛々しながら練習を繰り返していた、青臭い思い出が蘇る。

だが正直に言って今日、こずえの家にある、見るからに安そうな食材で手早くつくったナポリタンのほうがずっと上出来だった。ちゃんとナポリタンの味がした。そこであの頃、鼻高々で出した自分のナポリタンを、しれっと美味しそうに食べていた夫に、改めて腹が立った。

「私、今度の映画を絶対に成功させたいの」

グラスを呷った。

北岡が、麻矢と自分のグラスにワインを注ぐ。

「和馬の次の作品も、もうすぐクランクインするな」

麻矢は赤く揺れる液体をじっと見つめ、「ええ」と答えた。

桜とこずえに告げた『女優として返り咲きたい』との言葉は本当だ。

だがこの作品を自ら企画し、北岡とあのふたりを説得して回ったのは、夫への意趣返しだった。

十二年も仮面夫婦を続けてはきた。結婚当時、世間は、プレイボーイの人気映画監督と、恋多き女である麻矢との結婚生活など三年も保たないと報じたが、実際は半年も経たないうちに関係は破綻し、互いに恋人をつくり、彼はこの家を出ていった。その後も頻繁に、女優やら女子アナやらと彼とのスキャンダルが漏れ聞こえてくる。

離婚はいつでもできる。だがその後に若いタレント風情と再婚され、自分が過去の妻扱いされるなど冗談じゃない。

しかし仕事で上に立てば話は別だ。この映画をあの男の次回作よりも成功させてやる。そしてその暁に、堂々と三下り半を突きつけてやる。

北岡がフォークに刺したウインナーを、麻矢の口元に運んできた。

「きみが男遊びを重ねるのは、どうでもいい相手にしか淫らになれないからだろう」

麻矢は彼を睨み、獰猛な牝ライオンを真似て、ウインナーを嚙み取った。

歯音をたててケチャップ味のウインナーを咀嚼し、ワインで流し込む麻矢に、北岡がにやりとグラスを掲げる。

「大丈夫。きみと俺が本気になれば、成功しないわけがない」

第四章　初恋は鬼っ子スター

1

「お疲れさまでした。いい取材でしたよ。女性誌ならではの『若さと美を保つ秘訣』。聞いていて僕も興味深かったです」

ワゴン車のハンドルを握りながら、三十代半ばの現場マネージャーが浮きたつ声で三人をねぎらった。

「さすが元人気アイドルの皆さんです。復活してグループを組むと発表してから、取材や出演依頼が引きも切らずですよ」

「でもさっきの編集の女の子、やたらと『皆さん、お若く見えますね』って、失礼じゃない？　ライターさんも自分もおっさんのくせして『まったく劣化していませんねぇ』って。こちとらビルでも家具でもないっつーのよ」

隣でこずえが、テーマパークのキャラクターキャンディを舐めながらぷりぷり怒っている。

「若い子とおっさんは仕方ないのよ、あれがお世辞だと思ってるの。女の魅力は齢相応の潤いと貫禄だってことがわかってないのね」

　後ろのシートで麻矢も、お土産にもらった同じキャンディを開いている。

「じゃあわかってんのはおばさんだけじゃん」

「自分でわかっていればいいのよ」

「あら、でも、お世辞じゃないでしょ。こずえなんて本当に子供がふたりもいるお母さんには見えないもの。どうかすると女子大生に間違われるんじゃないかしら」

　桜が言うと、

「甘〜い。うちの娘なんて八歳だからね、毎日シミひとつないぷるぷるのお肌を見慣れて、いざ自分で鏡に向かうと、あまりの違いに愕然（がくぜん）とするよ」

「ああ、私もこの前、真菜ちゃんに会って思ったわ。まだピチピチの卵子をお腹に抱えてる子なんだわぁって。それだけで女子力、負けてるわよね」

「卵子って精子と違って、生まれた時からお腹に溜め込んでるのよね。それを毎月ひとつくらい排卵しては、着床しなかった粘膜を生理として排泄してるわけ。ね、知ってた？」

　こずえが運転席に身を乗り出すと、マネージャーは生真面目そうに咳払いして、

「えーと、次は映画スタッフとの顔合わせですが、日本酒の美味しい店なので、呑みながら

お気楽にお願いします。でもお気楽になりすぎないよう……」

「よ〜し」とこずえがキャンディを咥えたまま伸びをし、麻矢は鏡を取り出して化粧を直しはじめ、桜は膝の鞄の中でそっとケータイを開いた。

先刻、取材の直前に届いたメールをもう一度、読み返す。

『桜さんのご活躍を、自分のことのように喜ばしく思っています。こちらは昨日、大月の御前山に登ってまいりました』

少々堅苦しい文面だが、文字を眺めているだけで自然と口元がほころんでくる。

メールには続けて、彼が山頂から撮影した富士山や三ツ峠等の写真が添付されている。澄みきった青空に聳えたつ山々の稜線が清々しい。佐竹はあれから家電量販店に再就職し、休日にはこうして、昔好きだった登山をはじめているという。

——佐竹さんも、新たな人生を歩まれているんだわ。

最後にもらった花束のお礼をどうしても伝えたくて、パートをしていた店に礼状を送ってみたところ、すぐに返事が届いたのが、メールでの交流のはじまりだった。

『私も今日ひとつ、仕事を終えました。夜は……』

返事を打ちながら、だが桜の手はふと止まる。

今夜は……

約二十年ぶりに会うのだ。かつてこの身を受けとめてほしいと願ったこともある、初恋のスターに。

夕陽に染まる孟宗竹の生け垣を越えると、ひょうたん池に囲まれた入母屋造（いりもや）の離れが建っていた。

ライトアップされた太鼓橋を渡り、女将の案内で座敷に上がる。

十畳ほどの室内ではすでに、二ヶ月後にクランクインする『新・伝説姉妹』のプロデューサーや監督ら主なスタッフ、そしてメインの俳優陣が卓を囲んでいた。

「お待ちしておりました、さあ、どうぞ」

用意された席につくと、斜め前で「久しぶり」と、男が軽く会釈した。大高弘毅。桜がデビューする前から活躍し続けている、今年五十四歳のベテラン俳優だ。

「ご無沙汰しております」

挨拶を返しつつ、桜の胸がひそかに高鳴った。

「それでは、『新・伝説姉妹』の成功を祈って」

プロデューサーの音頭で乾杯が交わされた。卓上に秋の幸の白和えや鮎の山椒煮等が次々と並べられ、まずは談笑ムードとなる。

「お三方はどういう経緯で再会されたんですか。伺ったところによると、麻矢さんがおふたりに会いに行かれたとか」

料理に箸を伸ばしながら、プロデューサーが訊いてくる。

「ええ、いままでもそれぞれ、たまに顔を合わせてはいたんですが」

「こずえさんはお子さんがふたりもいらっしゃって、まだまだ手が離せないんじゃないですか」

「いえまあうちは、旦那もそこそこやってくれてるので」

麻矢とこずえが答えている横で、プロデューサーがポタッとフグ皮の湯びきを膝に落とした。

「あら、大変、おズボンが」

桜はさっとおしぼりを手に彼の横へ行き、ぽん酢の沁みたズボンをポンポンと叩いた。

「えっ、桜さんにこんなことをさせるわけには！」

プロデューサーが慌てふためき、皆も呆気に取られた顔でこちらを見る。そこで桜もハッとして、

「すみません、出過ぎたことを。前に居酒屋でパートをしていたとき、たまにお客様の膝にお醤油など零してしまうことがあって……」

慌てて頭を下げると、一同、驚き顔で、

「えっ、桜さんがパートを！」「居酒屋で！」「お客さんの膝を拭いていたんですか！」

一気に騒然となり、麻矢とこずえが「馬鹿ねぇ」「また自分で回収できない話を」と肩をすくめる。

大高だけがひとり、黙ってグラスに口をつけていた。

桜は席に戻りつつ、どうしても斜め前に座る彼が気になってしまう。

決して二枚目というわけではない。若い頃から、悪役や剽軽（ひょうきん）な役どころに定評のある役者だった。茶目っ気たっぷりの話術がトーク番組やバラエティ番組でも人気で、撮影現場では冗談を言っては場を和ませ、かと思えば人一倍気迫を漲（みなぎ）らせて空気を引き締める、常に中心的な存在を担う人だった。

――でも今日は、なんだかお元気がないような……

桜がつい眼で追ってしまうのは、かつて見知っていた彼の快活さが、どこか薄れているような気もするからだった。

先刻、約二十年ぶりに会ったときの率直な印象は、随分と老け込まれたな、というものだった。額がかなり後退しているのはともかくとして、肌色が浅黒く、瞼も重たげにたるんでいる。瞳も赤く濁っており、なにか全体的に色がくすんでいる感じだ。

もっとも自分だって四十歳になったのだ。今年、五十四歳の彼が老けるのは当然ではあるけれど……

「桜ちゃんなら、居酒屋さんでもお客さんたちのアイドルだっただろうね」

呟くように言って、テーブルに置いた大高のグラスは、いち早く空になっていた。スタッフのひとりが慌てて、仲居を呼ぶテーブルのボタンを押した。

2

「いい匂いがする」

一日かけてつくった鶏肉のトマト煮込みとポテトサラダを、皿に盛っているときだった。キッチンに立つ桜のすぐ後ろに、いつの間にか大高がいた。

「きみの髪もいい香りだ。シャンプーしたばかりなのかな」

肩までのストレートヘアをかけた耳に、シャンパンの香りの息がそよとかかり、頬に滲んだ。

「は、い、その……」

心臓が胸を叩く。スプーンが手から零れそうになる。

十五歳でアイドルデビューして以来、事務所から男女交際を固く禁止され、自身も恋愛に目を向ける余裕もないまま、十八歳になったその日だった。

男の人をこんなに近い距離で感じるのは、父親でもなかったことだ。しかも相手は小学生の頃から憧れてきた俳優の大高弘毅。テレビの前で胸に手を組み聞いていたちょっと高めのハスキーヴォイスが、いま自分の耳元で囁かれている。

――「明後日が誕生日なんです」

前日、映画の撮影の合間にそう言ったのは、桜としては誕生日が特別なものだった若い時期特有の、他愛のない報告だった。

――「だったら一緒にお祝いしようか。ケーキは生クリームがいい？　それともチョコとかチーズ味が好き？」

――「え……？」

十四歳も年上の人気スターは、まごつくばかりの桜に、住んでいるマンションの住所を訊ね、そして今夜、本当に薔薇の花束を抱えてやってきたのだ。

背後から、手が回された。

ワンピースの胸元のリボンが外される。解かれてゆるんだ襟ぐりが、ゆっくりと広げられていく。

「あっ……」

すぼめた肩から、生地がおろされた。ゴムが通っているおかげで、かろうじて二の腕で止まった。

その二の腕ごと大高が包み込み、緊張で浮きあがった桜の鎖骨を、指先でやんわりと撫でてくる。

全身に火が点いたようだった。握りしめたスプーンが皿に当たって、カンと甲高い音をたてる。

「体が固くなってるよ」

大高が桜の手からスプーンを取り、シンクに転がす。

「僕とこうしてるの、いや？」

「いいえ……」

すぐに首を強く振った。

「私、ずっと、大高さんのこと……」

「ファンだったと言ってくれたね。僕は若い女の子に好かれるようなタイプじゃないのに。友達からも『変わってる』と言われただろう」

「はい……あ、いえ」

正直に答えてしまい、頬がまたカッと火照る。彼の指が触れている胸元にも、じわりと汗が浮かびだす。

《性格俳優》と呼ばれる大高は、いま三十二歳。有名俳優の二世として二十歳でデビューし、しばらく世に出ない時代が続いたものの、三十直前に連続ドラマで演じたドジな犯罪者役によって、子供からお年寄りまで喜ばせる人気者となった。彼が二十代前半の頃、小学生向けの教育番組で怪獣役をしていたときからファンだった桜は、いつも友達から「好みがシブすぎる」とからかわれたものだ。

「僕は世間に認められるまで、ずっとみそっかす扱いされてきたから、きみみたいに生まれたときから光の下にいるような子に会うと、人種の違いを思うんだ」

憧れのスターはそう呟きながら、手を胸のふくらみへとおろしてきた。指先がゆっくりと、ブラジャーの縁をなぞりはじめる。

桜は動揺しきっていた。汗は胸元だけでなく、彼と衣服ごしに密着している背中にまで滲んでいる。

だが、混乱の中、肌にざわめく疼きがあった。

ついに自分にもそのときが訪れたのだろうか――

彼が今日、来てくれるとなったときから、浮かんで仕方のない思いが、ふたたび頭をもたげだす。

この人に、私は処女を捧げるのだろうか――

もちろん、ちゃんとお付き合いしている関係ではない。ふたりきりで会うのも、今夜が初めてだ。

――まだ覚悟ができているわけではないけど……こういう場合、どんな態度を取ればいいの……

不安と戸惑いがぐるぐると駆け巡る桜に、大高がハスキーヴォイスで囁く。

「だから桜ちゃんみたいな素敵な女の子から誘ってもらったなんて、いまだに信じられないよ」

胸肌を撫でる、だけど少し遠慮がちな指先とその言葉に、桜は、あ、そうか、と思い至った。今日が誕生日だと告げた桜を、どこかおっちょこちょいなところもある大高は、「自分を誘っている」と早合点したのだ。だから今日、少々強引ともいえる形でこの部屋へ来て、こうして抱きしめてきたのだ。

――でも、だったら、それでいい――

大高の腕の中で、桜はきゅっと眼を閉じた。

――覚悟ができていないなんて、嘘……

先刻、お風呂上がりに手に取った下着は、自分が持っている中でいちばん可愛い、ピンクの花柄レースだった。

　ふくらみをなぞる彼の指の下、ブラジャーのレースがざわりと肌を撫でた。

「ん……」

　小鼻から息が漏れた。

　それが合図であるかのように、大高がワンピースの襟ぐりに手を差し込んできた。指の腹が胸肌を摩り、ブラジャーの中にまで忍び込んでくる。

　――あぁっ……

　胸が、直に触られた。

　ふくらみが、優しく掬い出された瞬間、肩がヒクンとこわばった。自分でも驚くほど、肌が敏感になっている。

「ああ、桜ちゃん……」

　吐息とともに、五本の指が動きだす。彼の手の中で、ふくらみがどんどん張りつめていく。

　特に乳首の周囲が、痛いほど過敏になっていた。寒いときに立つ鳥肌とは比べものにならないくらい、イチゴの粒のようなぽつぽつが浮きあがっているのが自分でもわかる。

「あ、はぅっ……」

　キッチンのシンクに手をつき、桜はいつしか肩で呼吸していた。

大高はさらに、先端付近の脇を淡く擦ってくる。

「ぁクンッ……」

全身の感覚が、彼に触れられる一点に集中したようだった。じくじくと淫靡な熱が、皮膚の内側で揺らめいている。

指先が軽く爪を立て、乳首の脇をなぞりはじめた。その感触が、少しずつ真ん中に迫ってくる。

「あ、あ、あ……」

声がだんだんと高くなっていく。誰かを呼ぶ演技のとき、呼ぶごとに声を高くするよう指導されたことが、いま自然にできている。

指の腹がついに、過敏すぎる突端を捉えた。

「あぁぁっ……！」

桜はガクッと膝を折った。緊張と恥ずかしさで極限状態だった。

大高は桜を抱きすくめながら、乳首をくにくにと転がしだす。四本の指でふくらみをつかみ、くびり出した乳芯を、小さな円を描いて押さえ込んでくる。

「あ、あ、あぁン……っ」

「桜ちゃんの声を聞いているだけで、昂奮しちゃうよ」

お尻に、下腹部が押しつけられた。反射的に太腿の付け根が、ヒクッとすぼまった。

——え、なにこの硬いの……

乳首を転がしながら、もう一方の手が下腹部へ伸びてきた。

「ぅンンッ……！」

「桜ちゃん、桜ちゃん……」

ワンピースの裾をたくしあげられた。たじろいだのも束の間、指先が太腿を撫であげ、誰にも触れられたことのない場所へとにじり寄ってくる。

「はぁンッ……あっ」

懸命に踏んばっている足が震えだす。

指先が内股を這い、ついに下着の上から秘肉に触れた。二本の指がクロッチを覆い、そっと前後に摩ってくる。

「あふっ、はぁっ！」

ビリビリビリッと、雷のような衝撃が肌を駆け抜けた。

体の重心がどこかへ流れ去っていく。意識がくらくらと瞬いている。そんな桜を抱え込むように、大高はなお乳房を強く揉みしめ、同時に秘園に喰い込ませた指を波だたせる。

「感じてるんだね。もっとどうされたいの、言ってごらん」

薄布ごし、上下に揺れる男の手から、甘やかな振動が体の奥まで伝わってくる。

「あ、あ、気持ち、い……」

呟きかけて、だが桜は懸命に声を堪えた。

大高はたぶん、自分が処女だとは思っていない。それでかまわない。経験のない女の子は、男の人によっては重たがられると聞いたことがある。

だけど感じすぎて、はしたない子だと思われたくない。どこまで素直になっていいのか、なにもかも初めての桜にはわからない。

弄られ続ける乳首と秘所から、わずかな痛みも含めて、強烈な快美がぐりぐりと注ぎ込まれている。

「あうぅっ、は、あっ」

「あぁぁ、桜ちゃん」

下腹部を密着させたまま、大高が腰を上下させはじめた。尻肉にめり込んだ塊が、なお硬さと大きさを誇示して擦りつけられる。

桜も本能的にその動きに応え、腰を小さく前後させていた。シンクの縁をつかんだ手が、キュッと鳴ってすべった。

——私……じっとしていられません……どうしたらいいの……

ただ一方的に触られているだけでは我慢できない気がした。

「桜ちゃん、ベッドに行こう」

大高が桜を抱きすくめ、回れ右した。よろめきながら、彼に抱かれてキッチンを出た。

１ＤＫの部屋は、キッチンを出ればすぐにベッドを置いた洋間がある。

もつれ合うように、ベッドにふたり転がった。

ワンピースの裾が乱れていた。反射的に閉じようとしても、彼の体が阻んでくる。

「ああ、本当に信じられない。きみみたいな可愛い子とこうしていられるなんて」

桜の額を撫でながら、大高が真っ直ぐ見下ろしてきた。

「そんな言い方……嫌です」

桜は自分にのしかかってくる男の肩をつかんだ。可愛い子ではなく、自分として見てほしい。

だが、大高は桜の言葉を誤解したようで、頬を歪めて笑う。

「知ってるだろう。僕の家は、父も兄も若い頃から二枚目の売れっ子スターでね。母も美人画家として名を馳せてるし。僕だけが鬼っ子と呼ばれてた。でも演劇が好きだから、じゃあ不細工役の得意な役者になろうと劇団に入ったのはいいものの、三十間近になるまで箸にも棒にも引っかからなくてさ」

大高がふたたび、桜の胸に手を載せる。ふくらみをゆっくりと揉みしめる。

「売れたら、自分だって偉そうにしてやる、と思ってたけど、実際にそうなったら、寄ってくる人たちが僕の名前目当てなのか、本当に好きになってくれてるのか、自信を持てなくて疑心暗鬼になってしまって。でも桜ちゃんに会って、なんてひたむきに僕を見つめてくれる子なんだろうって、久しぶりに心がときめいたんだ」

「大高さんは、私のスターです。あなたは世界一、格好いいです」

「桜ちゃん……」

大高が、桜の胸に顔を埋めた。尖った鼻先と唇の感触に、桜の肌がまたピクッと震えた。

ゴムの通った襟ぐりが押し下げられる。煌々と灯る蛍光灯の下、ブラジャーに包まれた両胸が曝(さら)け出されていく。先端に空気を感じてハッとした。キッチンで散々まさぐられたせいでブラジャーのレースカップがよじれ、ピンク色の尖りがはみ出していた。

「あ、ン……」

咄嗟に手で覆ったが、その間にも、ワンピースがするするとおろされていく。

下着のみの姿となった桜の上で、大高もシャツを脱ぎ落とした。

小柄だが、均整の取れた筋肉質の上半身が現われた。初めて間近で見る男性的な体に、心臓が甘苦しく鳴った。

桜は思いきって胸から手を離した。そうして、

「好きです、大高さん……」

大胆な告白を、ついにしてしまった。

「僕もだよ……」

大高がジーンズも脱いでいく。おろしたブリーフのウエスト部から、彼の分身がいきなり全貌を現わした。

桜は茫然と目を見開いた。話に聞いていた以上の迫力だった。浅黒い大高の肉体の中でも、そこだけが際立って黒々しく、なにか仕掛けがあるのかと思うくらい見事に逆立ちしている。

生々しさに、思わず顔を逸らしかけた。が、よく見れば先っぽはキノコみたいな愛嬌のある形でもある。仕事現場でひと一倍ガッツを見せ、一秒後にはおどけて周りを笑わせる大高の人柄と、どことなく相通じる造形だった。

大高が裸身を重ねてきた。

両腕で顔を挟み込む形で、額や頭にキスしてくれる。

桜の顔が、彼の腋に埋まった。濛々と煙る腋毛が鼻から頬をくすぐった。

――男の人は、ここの毛もこんなに濃いんだ……

臭いもツンと鼻の奥を刺す。ああ、この人の匂いがいっぱいだと、心があたたかくなる。

「もっと私に、体重をかけてください」

お願いすると、吐息が毛根を刺激したのか、大高が「あ……」と、腰を震わせる。

彼が反応してくれるのが嬉しくて、毛束を唇に含んでみた。

すると今度は「ほうぅ……っ」と喉を鳴らし、腰を桜に押しつけてくる。反り返る分身が、内腿のあわいを圧迫した。

「これ……触ってくれる？」

大高が桜の手を握り、重なり合った陰部へと誘っていく。

指先に、肉の膚が触れた。体温が高くてびっくりした。

遠慮がちに、裏側の膚を撫でてみる。眼で見た印象以上に、まるで鋼が入っているかのような強靭さだ。

――こんなものが突然、体に現われるなんて……

やはり男の人の肉体構造が、不思議で仕方がない。

「ね、握って」

「……はい……」

思いきって指を開いた。熱い肉柱を、そっと包んだ。

手の中で、肉膚がピクンと脈を打った。

「あぁ……」

大高が喉声を漏らして頬ずりしてくる。その切迫したような仕草に、この人の生身のなにかが浮きあがった気がする。

「ゆっくり、動かして」

手を上下に動かされた。すると掌に密着した塊の上で、皮膚がくにゅ、くにゅんとすべりだした。

またもや驚いた。大切な場所の皮膚をこんなに動かすなんて、ひどく乱暴に扱っている気がするけれど、

「う、んん……」

大高は気持ちよさそうな声をあげている。

「いいよ、桜ちゃんの手、柔らかくて最高だよ」

呻きながら、大高が手を上のほうへ引きあげさせる。今度は先端近くのくびれ目に、指を添えるよう促された。

「そこをそっと摩ってみて。先っぽのほうまで、可愛がってほしい」

「は、い……」

摩るとか可愛がるとか、いまいちやり方がよくわからない。少しでも力を入れると膚を傷つけてしまいそうで怖いが、言われたとおり、くびれ目から頭部の筋を慎重になぞってみた。

「えっ……」

思わず声をあげた。指の先に、粘った液が付着したのだ。

——男の人って、ここがこんなにぬるぬるするの……？

桜にはまだ、自身の体が濡れることもはっきりと自覚できていなかった。愛液とおりものの区別もつかないのだ。ましてや学校にもまともに通えない忙しいアイドルの身、保健の授業で習ったかもしれないカウパー氏腺液については、まったくと言っていいほど無知だった。

「どうしたの？」

手が止まり、目を丸くするばかりの桜に、大高が訊く。

「いえ、あの……」

もう一度、怖る怖る、人差し指で先端をツンツンとしてみた。

「ああ、ほらね、桜ちゃんに触ってもらって、ムスコが喜んでるんだよ」

そう言って彼は桜の掌に、濡れた丸頭を包ませる。

——わあ、またねばねばしてきた……

「ああ、いいよ。その手をちょっと動かして」

うっとりとした声を出して、大高が桜の頭を優しく撫でてくる。

——こんなふうに私も、心を込めて撫でればいいのかしら。

丸頭を握ったまま、そっと掌で弧を描いてみた。

「んんんっ……」

頭を撫でる手に力が籠もった。爪先で髪を梳くように、強く地肌を掻いてくる。

だから桜も爪の先で、今度は肉膚を強く掻いてみた。

「うわっ！」

突然、大高がガバッと起きあがった。

「え、ごめんなさい!?」

桜もびっくりして身を起こした。

「どうしましたか、私、よくわからなくて、ごめんなさい！」

「いや、大丈夫。いや、ちょっと痛かったけど……桜ちゃん、あんまりこういう経験ないのかな。僕、つい甘えちゃって」

「いえ、その、私……」

桜はしゅんと反省した。優しく撫でただけであんなに気持ち良さそうにしてくれるのだから、きっと相当、敏感な場所なのだ。そこに爪など立てたら……

「すみません……」

桜は申し訳ない思いいっぱいで頭を下げた。

「……ん、もしかして」

大高の声音がにわかに上擦った。

「えーと、きみ、ひょっとして……」

「あの、はい、ごめんなさい。こういうこと、初めてで……」

「初めてって」

「その、男の人と、こんな……」

ババババッと、いきなり大高が後ろに下がった。弾みでベッドから転げ落ち、テーブルにしたたか頭を打ちつけた。

「大丈夫ですか！」

「大丈夫！　いや違う！　全然駄目だ！」

叫んで、だがさすがアクションもこなす性格俳優、ゴロンと体を起こして見事に床に正座する。

「駄目だ、駄目だ！　処女なんて大切なもの、なんで僕なんかにくれようとするの！」

いきなり目つきが真剣になり、説教口調となった大高に、桜は首を傾げた。

「なんでって、私、大高さんが……」

「ファンだからって、生娘が僕と遊んじゃ駄目！」

膝の上で拳を握り、肩をいからせ、大高は学校の先生みたく大声を出した。
「処女は特別なの！　遊びで捨てるもんじゃなーい！」

3

——結局、大高さんはあの夜のこと、私が遊び半分で誘ったと、いまでも思っているんだわ……

キッチンで大高が言ってくれた、「ひたむきに僕を見てくれる女の子」「胸がときめいた」云々については、後で麻矢から、おっ勃った男の一心不乱のたわごとだと、こっぴどく叱られたものだ。『だいたいモテてこなかった男ほど、可愛い女の子は遊んでると思いたがるのよ。隣の葡萄は酸っぱいに違いない精神が染みついてるの。まあ、あの人は自分で、ひたむきな処女を上手くあしらう才覚がないってことがわかってるのね。軽はずみなことをして、後で傷つけられるような結果にならなくて、良かったわ』

そんなものだろうか。軽はずみでなければ彼から女として扱ってもらえないのなら、それでも良かったと、桜は思った。たとえ麻矢の言う、傷つくような結果になったとしても、たぶん後悔はしなかった。むしろそんな経験を、この人としてみたかった——

ほろ苦い思い出を胸に、桜はまたさりげなく彼を見る。

スタッフに囲まれて斜向いにいる大高は、早くも冷酒を二合も空けている。

——気のせいかしら、やっぱりお顔の色が悪いような……

かつてのわだかまりよりも、約二十年ぶりに会う大高の疲れた様子が、いまは気になってしまう。以前は大勢でいる場所ではいつも、いちばん大声で喋り、冗談を言い、場を盛りあげていた人なのに——

「——以上のお話、桜さんとこずえさんはご了解でしょうか」

その声に顔を戻した。監督の北岡が、淡々とした眼をこちらに向けていた。

「私は嫌よ、濡れ場があるなんて聞いてない」

隣で、こずえが尖った声を出す。

「濡れ場？」

「桜だって嫌でしょう。なんでいまさら私たちが脱がなくちゃならないの。そこまでして芸能界に戻りたいわけじゃないわ」

「おっしゃることはわかります。ただ最終的な結論を出す前にもう一度、加筆修正した脚本に目を通していただけるでしょうか」

プロデューサーがかしこまって言うが、

「嫌なものは嫌。そんな映画、子供たちに見せられない」

頑として突っぱねるこずえの横で、桜も遅まきながら話の内容を理解しはじめた。

「濡れ場、ということは、ヌードになって男性と……ということですか」

だとすればその場合、桜の相手役は大高だ。

大高は相変わらず、猪口を片手に明後日のほうを向いている。

「ええ。しかし私は話題作りのために濡れ場を書いたわけじゃない。元アイドル三人の同窓会映画を撮りたいわけでもない」

北岡監督は泰然と続ける。

「脚本を読む前に断られるのなら、私のほうこそべつの女優を探します」

「私はやるわ」

正面で発したのは麻矢だった。

「あなたたちが嫌なら、私が三人分脱ぐわ」

「麻矢、嘘でしょう！」

こずえが声をひっくり返らせる。

「あなた昔は水着撮影だって嫌がってたじゃない。駄目よ、一度脱いだら、なんだかんだそれを売りにされて、しかもその映像はずーっと残ってあちこちで使われるのよ。絶対反対、あなたが脱ぐなら余計に私は出ない！」

気炎を吐くこずえに、麻矢は静かな笑みを返している。

「麻矢……どうして」

ふたりに比べれば状況認識ののんびりとした桜だったが、麻矢の毅然とした態度には気圧されるものがあった。

「あなた、もしかして、最初に私たちに声をかけたときから知ってたの？　この映画に濡れ場があること……」

「桜にしては察しがいいわね」

悪びれもせず、麻矢は口角をきりっと上げて微笑んだ。

「私たち、それぞれ一時代を築いた一流のアイドルなのよ。その三人がせっかく集まるんだもの。そんじょそこらの映画では出せない、第一級の女の魅力を詰め込んだ、とびっきりのアイドル映画にするつもりよ」

4

シャワーを浴びた後、桜はパジャマ姿でぼんやりとソファに座っていた。

あまりにも予想外の命題を出され、考えがまとまらない。

ヌードになるなんて、想像したこともなかった。だからなった後にどんなことが起こるのかも、いまいち思い描けない。

——麻矢は本気だわ。今日、自分だけはやると言ったときの彼女は、いつにも増してきれいだった……。

脱ぐことだけを怖れて断る、そんな自分もまた想像できなかった。いったいどうしたいのか、自分でもよくわからない。

ケータイが鳴った。ディスプレイを見ると、登録していない番号だった。今日会った誰かだろうかと出てみて、受話口から聞こえた声に息を呑んだ。

「突然、悪いね」

ふらつく足どりで、大高が壁やドアにぶつかりぶつかり、リビングに入っていく。

「いま、お茶を淹れます」

急いで着替えたワンピースの乱れを気にしつつ、桜はキッチンに入った。

「茶より酒がいいなー」

呂律の回らない口調で言って、大高はドサッとソファに倒れ込む。

顔合わせの終了後も、どこかでひとり呑んでいたのだろうか。

迷ったが、紅茶にブランデーを少し垂らすだけにして、大高の前に置いた。

大高はカップを掲げ、香りを嗅ぐと、

「きみも、こんな洒落た真似ができるようになったのか」

ふっと鼻で笑った。

その笑い方にも疲れが滲んで、なんだか淋しそうで、桜は向かいに腰をおろし、かつて憧れていた人の顔を見つめた。

カップを持つ手つきも危ないなと思っていたら、紅茶がボタッと膝に零れた。

「大変」

急いで布巾を取りに、キッチンに向かった。だが彼の脇を通り過ぎようとして、腕をつかまれた。

「相変わらずきみは、人想いだね」

大高がソファに頭を預け、桜を見上げる。

「あれから気づいたよ。きみの十八歳の誕生日、僕を誘ってくれたというのは、こっちの一方的な勘違いだったんだね」

「……いいえ」

桜は大高の隣に腰をおろした。彼の酔いに甘えて、自分もいま、本当のことを言いたい気持ちになった。

「あの夜、私は本当に、あなたに抱いてほしかったんです」

「僕を励まそうと、そんな直截（ちょくせつ）なセリフも吐けるようになった」

腕が引き寄せられ、あっと思った次の瞬間、体を抱きしめられていた。

「大高さ……」

酒に火照った大高の掌が、ゆっくりと背中をおりていく。腰の曲線を撫で、尻の丸みまでつかんでくる。

「大高さ……」

「頼みがある。濡れ場の話、受けてもらいたい」

深刻な声に、眼を上げた。酔いに濁った瞳が、いまは真っ直ぐ自分を見つめている。

「それを言いに、いらしたんですか……どうして……」

「桜ちゃん、頼む。僕を助けてくれ！」

叫ぶや否や、大高が桜をソファに押し倒す。そして桜の耳元で、「うっ、うっ」と声を震わせ、しゃくりあげた。

「二年前、親父が死んだんだ」

「はい……存じています」

桜は彼の背中に手を置いた。

「僕は、最後まで親父に認められなかった気がする」

大高の声が、だんだん太くなっていく。

「鬼っ子は齢を取っても鬼っ子だ。僕は親父が五十四歳だった頃の仕事の半分もできていない。兄貴は若いときから親父と同じ人気スターだったのに」

ぐす、ぐすと洟をすすり、大高は尻を強くつかんでくる。その手つきに、十八歳のあの夜も感じた気のする、女の柔らかさに溺れたがっているような切実さがあった。

桜は、大高の背中をそっと摩った。

「あなたがお酒を沢山呑むようになったのは、お父さまが亡くなってから？」

「……親父の仕事の引き継ぎが、ぜんぶ兄貴にいったんだ……」

「鬼っ子というより、拗ねっ子さんなのね」

くすりと笑って桜は大高の額に頬ずりした。この人を甘やかしてあげたい、そんな思いが、胸の奥を熱くする。

「呑みたいのなら呑めばいいわ。辛いときは、明日頑張る自分を信じて、今日の自分を休ませればいい。そうすればまた、見えてくるものがあると思うの」

「いつもいつもそう思ってる。今日の自分は駄目だけど、明日は頑張ろうって。でも」

くしゃくしゃと額に皺を刻み、大高は肩を揺らして嗚咽を漏らす。

「でも毎日、その繰り返しなんだよ……」

そうしてますます桜に抱きついてくる。

「だけどね、今回、またきみと共演できると聞いて、がむしゃらだった昔の自分を思い出したんだ。この仕事を成功させないと、人生にやり残しができてしまう」

「大高さん」

自分にしがみついてくる十四歳年上の男に、桜は微笑んだ。

「あなたは、昔もいまも、私のスターです」

こめかみにキスし、背中をポンポンと叩いた。

「私も心を決めました」

体を起こし、大高のジャケットを肩からおろした。身軽にさせてあげたかった。

大高が眼にいっぱい涙を溜めている。スクリーンでは堂々と見得を切る彼の、弱音を晒した子供みたいな表情だった。

「あなたは私の初めての人にはなってくれなかったけれど、初めての濡れ場の相手になってくれますか」

大高の顔が、いっそうぐしゃりと歪んでいく。そして勢いよく頭を縦に振る。

「ありがとう……桜ちゃん、ありがとう……！」

強く抱きすくめられた。すぐに唇が重なった。

戸惑いはもうなかった。桜も大高を抱きしめ、あの頃よりも幾分薄くなった後頭部を撫でた。

酒の風味を残した舌肉が、舌を深く掬いあげてくる。同時に、腰をつかむ手に力が籠もる。

「ン、ン……」

混ざり合う息が荒くなる。厚みのある弾力に舌全体を絡め捕られながら、体がどんどん女になっていく。

この人を、私ができ得るすべてで、あたたかく満たしてあげたい——

いったんキスを解き、彼の目尻に口づけた。ゆっくりと頬から顎にかけて舌を這わせ、そうしながら、手を彼の下半身におろしていく。

「あぁ、あ……」

大高はされるがままになりつつ、桜の肩をぎゅっと抱く。

スラックスの下で、分身はすでに硬くこわばっていた。なめらかな生地に山襞を浮かべてそそり勃っている。

そっと撫であげた。掌で包み込みきれないこわばりが、びくっと反応した。「うぅ……」と、大高が甘えるような声を漏らす。

ソファから下り、床に膝をついた。彼のベルトをゆるめ、スラックスのボタンを外した。子供の服を脱がせてやるような微笑ましい気持ちにもなったが、続いてファスナーをおろし、ブリーフごとスラックスを引き下げると、

「あぁ……」

懐かしさと妖しい疼きが胸で混ざり合った。目の前に現われた屹立は、あの日と同じ形で、浅黒く男の欲望を衝き勃てていた。

肉胴が太く浮きあがる血管を張り巡らせている。亀頭とのくびれ目はせり出しすぎる肉傘をもてあますように、ピンと薄い皮膚を張りつめさせ、血の色を透かしている。

見つめているだけで、屹立全体が脈を打って上下に揺れる。先端では透明な液が、いまにもしたたり落ちそうな玉をふくらませている。一直線に欲望を示す分身が、いかにも大高らしかった。

対して見上げた彼は、耳まで赤くしてもじもじしている。

「きみって……すごくじっくり、ここを見るよね……」

「大高さんこそ……そんなに私を見ないでください」

恥ずかしさが伝染ってしまう前に、陰茎の根元に手を添えた。

「あのときは、自分のことだけでいっぱいだったけれど」

そっと唇を寄せていった。膨張しきった肉傘に、舌先を触れさせた。

「う、ぅうん」

陰茎全体がまた揺れ、液玉がしたたり落ちた。細溝を伝うその液を、舌を伸ばして掬い舐めた。

「あっ、あぁ」

裏返った声があがり、びくんびくんと陰茎が暴れだす。

根元に指を絡ませ、細溝をさらに舐めあげた。するとまた、ほろ苦い粘液がじゅわりと溢れてくる。今度は先端を含み、軽く吸った。ますます液が滲み出し、桜の口腔を満たしてくる。

「こんなに濡れたの、久しぶりだ……芯から痺れてる……」

「嬉しいです……」

唇に淫液をまぶし、亀頭の付け根を甘噛みした。同時に舌先で、なめらかな肉膚をぺろっと舐めあげた。丸頭全体をぬらつかせるように、粘液と唾液を塗り込んでいく。

「はぅ、あ……」

大高が仰け反り、それでも自分の股間にいる桜を見ようとする。

「桜ちゃん、裸になろう」

ワンピースのファスナーがおろされた。大高が前屈みになって、桜のブラジャーもショーツも脱がしていく。床に跪いた桜の裸身が、彼の前に晒された。

「きれいだ……きみはやっぱり、きれいだ……」

溜め息交じりに大高が呟く。

桜は肩をすくめ、でもどこも隠そうとは思わなかった。

「大高さんも、脱いでください」

彼を手伝い、セーターとシャツ、スラックスも靴下も脱がせた。ふたり、生まれたままの姿で互いの腰に手を回し、キスをした。

抱き合ったまま、ソファに引きあげられた。座った桜の腰から胸に、彼の手が上ってくる。

ふくらみが、あたたかく覆われた。

五本の指が乳肉に埋まり、先端が軽く圧迫された。

「あン……」

「あのときも、ちょっと触っただけで可愛い声を出してくれたね」

囁きながら、大高が胸元に顔をおろしてくる。

突端が、舌先で転がされた。

「は、あ……」

揃えた膝が、ピクンと跳ねた。舌が少しずつ動きはじめる。転がされる一点から、甘美な刺激が注ぎ込まれてくる。

大高が桜の手を取り、ふたたび自身の股間へと導いた。先刻よりもぬらつきを増した亀頭部が、指先を迎えた。

「ゆっくりと擦って」

かすれた声で言い、大高がまた乳房に手を戻す。

「あ、はう……」

先端はもう鋭く尖りきっている。柔肉をゆっくりと揉みしだく手のぬくもりと、乳頭をめり込ませるように捏ねる舌先とに意識を奪われそうになりながらも、桜は震える指で屹立を握りしめた。

「ん……」

反り返った肉胴が燃えるように熱い。しっかりと指を絡め、手を上下させた。

大高が鼻の奥を鳴らす。

「気持ち、いいよ……」

そうしてまた「あむ……」と、乳首をしゃぶってくる。

「はぁ、あぁ……」

桜も息を弾ませ、手の中の屹立を擦り続けた。鋼鉄を忍ばせたかのような肉塊の、血管の凹凸までがはっきりと掌に伝わってくる。

「最初にこうしてくれたときから、上手だったね」

乳首を吸いながら、大高がまた桜を見上げる。

「そう……でしたか……？」

「ああ、きみはどうすれば相手が気持ちいいか、心で察することができるんだ。そこにただ、気持ちを籠めてくれていた」

親指にまた一筋、粘液が垂れ落ちてきた。

手の動きを速めた。クチュッ、クチュッ——動きに合わせて、くぐもった粘着音が鳴りはじめる。

「あぁ、ほら……きみは僕がしてほしいことが、すぐにわかってしまう……」

低く呻き、大高が乳首を吸いあげてくる。

「はぁ、あン……っ」

尖りきっている先端が、火傷しそうなほど熱い舌に練り転がされだす。

快感が濃度を増して注ぎ込まれ、腰が自然にくねりだしていく。

「……でも、私……あのとき……」

「ああ……そうだ。いきなり爪を立てて、僕のここを引っ掻いたんだ」

いきなりプッと、大高が吹き出した。

申し訳ない思いが蘇りながらも、桜も一緒に笑ってしまった。

「だから桜ちゃん、今日はあのときの続きをするんだ」

陰茎をぎゅっと握りしめ、桜はコクンと頷いた。

「おいで」

大高がソファに仰向けになり、桜の手を引き寄せる。

その体に身を重ねようとすると、いきなり腰をつかまれ、後ろ向きにされた。

「え？」

されるがままでいると、いつの間にか、両膝で彼の肩をまたいでいた。

「お尻を僕の顔に載せて。きみのアソコをじっくり見たい」

「そんな……え……」

いわゆるシックスナインの体勢を取ってくれと、大高は言っているのだ。

慌てて横に逃げようとした。だが太腿をしっかと捕えられる。

「それは、お願い……」

天井の照明は、煌々と光を放っている。

うろたえる桜に、大高が訊く。

「もしかして、したことないとか？」

頷くのも恥ずかしくて、俯いた。亡くなった夫とは仲睦まじかったものの、どちらかといえば性的には互いに淡泊なほうで、手間暇かけるような行為はあまりしてこなかったのだ。

「きみの『初めて』を、僕はまたもらえるんだ」

嬉しそうに言って、大高が強引に桜の脚を開いた。

「あっ、嫌よ、駄目……」

「はい、お尻はこっち」

抵抗しようとしても、強い力に促されるまま、お尻が彼の顔に近づけられた。

「いや……！」

頑張って膝を閉じようとしたが、それは太腿で大高の顔を挟んでしまっただけで、すぐさま、

「あぁ、やっと見ることができた。小陰唇が小さめなんだね。でもふっくらと柔らかそうで、色は桜色にココアを溶かしたようで。中は光ってるよ、ピンク色のヒダヒダが艶々してる」

生々しい実況報告が告げられだす。

「いや、駄目、見ちゃだめ……！」

「あ、すごい、中がいまヒクッと震えた」

さっきまで父親や今後の俳優人生のことで涙ぐんでいたとは思えないほど、大高ははしゃいで桜の秘園を覗き込んでいる。

「匂いはあんまりしないんだね。お風呂に入ったばかりだからかな。ああ、でもこの爽やかな花の香りがすごく桜ちゃんらしい。きっときみはどこもかしこも、少女の頃のまんまなんだね。くんくん、くん」

「おねが……」

今度は桜のほうが泣いてしまいそうになった、次の瞬間、ねろり――秘唇が軟体状のものにねぶられた。

「ぁハ……ッ！」

逃れようとした腰が、がっしりとつかまれた。秘唇を捉えたまま、舌肉がうねうねとくねりだす。

「んんっ……！」

ぬちゃ、ぴちゃっ――

淫猥な濡れ音とともに、淫感が膚で蠢いた。

「ああ、あ……」

「桜ちゃんのここ、美味しいよ、とろとろだよ」

舌先が秘唇の裾野を上下になぞる。続いてくにゃりと畝を越え、内側の縁に潜り込んでくる。

「ああ、そんな……」

疼きあがる喜悦と、あまりの羞恥に、桜は全身でよがり震えるしかなかった。

秘裂の縁辺を舐めながら、大高がさらに指先で秘園の肉を左右に広げる。内部の粘膜が、彼の舌の上で剝き出しにされた。

肩で大きく喘ぎながら、桜は零れだしてしまう声を抑えられない。

「はぁぁ……あぁっ！」

「ングっ、ふグッ……ぅうん」

ねちゅ、ねちゃっ——

大高は秘肉を舐めしゃぶりながら、ときおり唇を押しつけ、じゅじゅじゅっ——と愛液を吸い込んでいる。その振動がまた粘膜の奥まで淫靡に震わせてくる。

「いや、あ……！」

自身の陰部が漏らす卑猥な音に、できれば耳を塞ぎたかった。

だが大高の舌が動くごとに、快感がマグマのように膨張し、肉体中を蕩(とろ)けさせていく。

「やっぱりもう少女じゃないね。こんなにいやらしく腰をくねらせて。もっと、もっとって、せがんでるみたいだ」

舌肉が、ぐにゅりと粘膜を押し割った。そのまま濡れた先端で、快感の溜まりきった膣肉を摩りあげてくる。

「ぁあああンッ！」

ビクビクビクッと全身が反り返った。

だが陰部は彼の言うとおり、動き回る舌肉から逃れられない。自らねだるように、腰を前後に揺らしている。

「僕のも、舐めて」

「はぁ、あぁぁ……」

遠くなりそうな意識の中、桜は目の前の屹立を握りしめた。先端から溢れた淫液は、もう肉胴にまでたらたらとしたたっている。

舌を伸ばし、舐めあげた。子供の頃、初めてプリンのカラメルを舐めたときのように、わずかな苦みが味蕾(みらい)を躍らせた。

「いいよ、気持ちいいよ、もっと……」

唇を亀頭に這わせ、そのまま静かにおろしていった。硬直した肉膚をみっちりと咥え、深く深く呑み込んだ。

「はうぅっ、感じるよ、桜ちゃんの口の中に、僕がいる……！」

大高はビクビクと腰を上下させ、肉胴をさらに口腔へ押し込んでくる。

弾みで喉を突かれ、思わず「んっ」と呻きが漏れたが、唇は離さない。根元まで呑み込み、顔ごと大きく上下させた。

「ひっ、はぇえっ！」

大高がいっそうの勢いで秘園にむしゃぶりついてくる。

「んんんっ……！」

ぐちゅ、ぐちゅ——

ふたりの口腔と陰部がそれぞれ粘着音を鳴らし合い、卑猥なハーモニーを部屋中に響かせる。

「あぁ、んん」

猛々しい肉膚をひたすら唇で擦りあげ、舐めしゃぶった。寄こされ続ける快楽と、大きく開けている顎の疲れが、桜の全身に汗を滲ませている。口の周りは粘液にまみれ、頬に髪が貼りついている。

「すごいよ、すごいよ、気持ちいいよ……！」

「ぁング……あ……っ」

膝がガクッとすべった。

体勢を崩した桜を、大高が抱きかかえた。

「欲しいよ。もう我慢できない」

そのまま仰向けに横たえられ、桜も潤んだ瞳で彼を見上げた。

膝裏が抱えられた。厚みのある上半身が、静かにおりてきた。

「あぁ、あ……」

熟しきった女陰に、彼の欲望の象徴が押し当てられた。直後、

「はぁあっ……」

峻烈な快感が全身を駆け抜けた。

滾りきった肉塊が、膣粘膜を目一杯に押し広げてくる。

「あぁぁ、入ってるよ、桜ちゃん……！」

根元まで深く挿し込むと、大高は喉を仰け反らせて動きを止めた。眉を八の字に下げ、女陰を味わうように深呼吸する。

「あったかい、包まれてるみたいだ。あぁ、やっとひとつになれた」

「はい……やっと、あなたとこうしてる……」

痺れたつ両脚が、ひとりでに彼の腰を締めつけている。

大高がゆっくりと、腰を前後しはじめる。肉の輪郭で粘膜を打ち擦り、引き抜いてはまた挿し込んでくる。

「あぁっ、大高さん……すごい、すごい……」

桜は彼に手を伸ばし、汗で艶めいている胸を掻き撫でた。

「気持ちいい……体ぜんぶで、あなたを感じる、感じる……」

「僕もっ……ああ、たまらないっ、止まらないよっ……！」

熱い息を絡ませ、唇をぶつけ合った。舌と舌で互いを求めた。

そうしながら大高はなお怒張を打ち込んでくる。子宮をひしゃげさせる勢いで、激情を注ぎ落としてくる。

膣肉がきゅうっと収縮するのがわかった。女の源が大高の体を、余すところなく感じようとしている。

「体中が、溶けてしまいそうだよっ！」

「私も、おかしくなる……体がどこかに、いっちゃいそう……」

脚が高く掲げられた。角度のついた屹立が、さらに怒濤の勢いで体内を打ち貫いてくる。

「あぁぁっ！」

壮絶な喜悦に、体が跳ねあがった。

「いいの、感じるの……大高さん、大高さん……！」

「僕もいいよ、桜ちゃん、もっといやらしい顔を見せて。いやらしい声を聞かせて」

抽送の速度がどんどん高まってくる。絶頂感が全身を押しあげていく。

感じすぎて繋がった箇所が麻痺しそうな気さえする。裏腹に、快楽を捉える感覚だけがますます研ぎ澄まされている。体内が大高の形に変容し、膣襞を擦りあげる肉傘の輪郭までをも、切ないほどにくっきりとこの身に刻み込んでいる。

「もっといくよ、桜ちゃん……！」

「きて、ください……このまま、もっと……！」

わななく手を差し伸ばした。応えるように、雄々しい塊が突き寄こされた。

「あぁぁあっ……！」

最後の高波が襲いかかった。世界が激震したようだった。昂奮の渦が全身を呑み込み、揉みくちゃにしていく。

「イク、イキます……あぁぁぁぁぁっ！」

「うぉぉぉっ……！」

二十二年の時を経た初恋が、いま深い愉悦となってふたりを押し包んでいた。

抱き合いながら、真っ直ぐ頂点に向かって、突き上がっていく。

第五章　雪国、肉の幸

1

「ぷはぁっ、やっぱり屋台で呑む熱燗は最高ぉっ」

塗りの剝げた台にコップ酒を置き、こずえはパクッと大根を頰張った。

ここはロケで訪れた伝統のまち、金沢。あたりは一面、銀世界だ。

午後十一時半という遅い時間に雪を搔き分けておでん屋台にきた客は、いまのところこずえひとりだけだ。無口な店主が煮汁の沁みたお玉で、ふっくらと黄金色の加賀麩をひっくり返している。

――せっかく金沢に来たのに、麻矢は夜中は顔が浮腫むから呑まないっていうし、桜は部屋で台本を憶えなきゃって、ふたりとも付き合い悪いんだから。

泊まっているホテルにもバーはあるが、かしこまった場所でワインだのカクテルだの呑んでも楽しくない。やっぱり冬は熱々のポン酒だ。

それにホテルでも町中でも、元アイドルの三人が撮影で訪れていることが知れ渡っており、行く先々でサインや写真撮影を頼まれるので気が休まらないのだ。独身時代はもちろん、いまも家族で屋台の焼き鳥やラーメンを食べるのが、こずえにとってはいちばん心安らぎ、幸せを感じる時間だった。

——あの子たち、元気にしてるかなぁ。省吾はもうすぐ野球の試合だし、真菜はパパにバレンタインのチョコレートを手作りするって張り切ってたけど。

夫、英介の浮気現場を見てしまって以来、こずえは子供を連れて実家のもんじゃ焼き屋に帰っている。

だがこずえが仕事で忙しいのをいいことに、英介はしょっちゅう子供たちに会いに来て、ふたりもそれが嬉しいようだ。ロケで一週間も東京を離れているいまは、毎日三人でキャッチボールをしたり、カレーをつくったりしている写メが、省吾から送られてくる。

——あの子たちのためにも、許してやり直すべきなのかなぁ。

ゴボ天を突きながら、こずえはまたそのことを考える。

——ううん、でも、許しちゃ駄目。

真面目に整体師の仕事に励んでいると信じていた夫が、施術室で近所の人妻と乳繰り合っていた光景は、この先も永遠に、脳裏から消え去ることはないのだ。

箸を皿に置いた。

気が滅入ることはもうひとつある。もうすぐ行われる濡れ場の撮影だ。

麻矢は初日から堂々と脱ぎまくっているし、桜までが同じように脱ぐと言いだしている。こずえだけは最初の打ち合わせどおり、乳首NG、濡れ場も肩紐なしの水着を着て、肌を露出するのは胸から上となっている。

だけどこんなの麻矢の詐欺だ。せっかくテレビや雑誌に出て、子供たちが喜んでくれているのに、肝心の映画でヌードだなんて。ママ友たちにもゴチャゴチャ言われる。子供たちは学校でからかわれるかもしれない。

でも、気迫の籠もった麻矢の現場を見ていると、そんな文句は言えなくなる。桜もすっかり腹を括っている。これでは自分だけが意気地なしになった気持ちになる。

――脱いだら絶対後悔しそう。でもこのままで終わっても後悔しそう。『伝説姉妹』をいまのあの子たちが観てくれたように、この映画も、あの子たちが大人になったときに観ることがあるかもしれない。そのとき、どんな自分を、私はあの子たちに見せたいだろう――

コップをつかんだ。

――ちきしょっ。とにかく今日は呑むのよ。考えてみたらひとりで呑むなんて、結婚してから初めてかも……そうよ、今夜はひとりの夜を満喫してやるんだからっ――

ゴクゴクッと、コップ酒を一気に呑み干したときだった。

「大将、熱燗ひとつ」

男がひとり、屋台に入ってきた。「ひ～、寒いね」と肩をすくめて、ドサッと隣に腰をおろす。

ポンポンと広い肩から振り払った雪が、こずえのほうに飛んできた。

「あ、すいません！」

男が慌てて謝り、大きな手でこずえの腕にかかった雪を払いはじめる。

「大丈夫でしたか、俺、なんでも荒っぽくて」

「……いいえ」

こずえはぽ～っと、目の前の彼に見蕩(みと)れていた。

ドン、とじゃがいも、ちくわ、加賀麩、牛スジを載せた皿が置かれた。男はコップ酒をきゅっと呷り、ハフハフと威勢よく白い息を吐いて、大口でちくわを頬張る。

「ふ～、美味い！」

豪快な食べっぷり呑みっぷりが見ているだけで小気味良くて、こずえははんぺんを箸に挟んだまま、男から視線を剝がせない。

――いやだ、本当に似てる。どっしりと大きい鼻も、目尻の笑い皺の数も……

出会った頃の英介が、時空を超えて現われたようだった。

スター選手ではなかったけれど、プロ野球で活躍していた英介は、肩幅がムキッと広くて胸が厚くて、お尻もぷりっと盛り上がっていて。マッチョ体型に惹かれがちなこずえは彼との初対面のとき、「これが時給何万の筋肉なんだわ!」と感動したものだ。

「美味いっすね」

東京から遠く離れた深夜のおでん屋台で、その笑顔がいまふたたび、こずえに向けられている。

「お姉さん、ひとり? びっくりしたなぁ、金沢の女性って、みんなこんなに美人なのかなぁ」

そうそう、こういう軽薄そうなもの言いも、そのくせ軽薄になりきれない、どこか野暮ったいところも。

「ううん、旅行中なの。女友達ふたりと一緒なんだけど、私だけ夜中にお腹が空いて」

「へえ」

男はこずえが元アイドルの河原こずえとは気づいていないようだ。ふだん、あまりネットやテレビを観ないのだろうか。

——いいえ、それはこの子が若いからだわ。たぶん私より十歳くらい下、二十八、九……

男はハフッとじゃがいもを口に転がして、

「へえ、いいですね。女三人、北陸の旅かぁ」

と、白い歯を見せて朗らかに笑う。

こずえはハッとして、二杯目のコップ酒を手に取った。

「それがそうでもないのよ。ふたりとも、仕事ばっかりしててさぁ」

「へえ、ってことはご出張中ですか」

「そんなところ。ひとりは三人の中で、いちばんふしだらな生き方してそうで、実は誰より生真面目なやつでね。ひとりはこれまたいちいち深刻に思い定めて行動するのよ。私のほうが絶対あいつらより堅実にまともに生きてるはずなのに、なぁんか置いてかれてる気がするのよねぇ」

「置いてかれてる気になるのは、あなたがそのおふたりよりも重いものを持っているからですよ。ちゃんと大切なものを背負って、落とさないように一歩一歩、歩いていらっしゃるんですよ」

男がじゃがいもを呑み込み、ぐびりとコップ酒を呷る。

こずえはコップの縁に唇をつけたまま、彼の横顔に見入った。あたたかな湯気が、ほんのり睫毛に立ち上った。

「あなた……仕事はなにしてるの？」

「トラックっす」

「トラック？」

「長距離トラックの運転手やってるんっす。東京から新潟、青森、盛岡、仙台、雪ん中をしょっちゅう往復しています」

「すごい……」

コップを置き、こずえは思わず胸で手を組んだ。初めて間近で見る《トラック野郎》だ。

「今日は初めて連休が取れたんで、前からゆっくり来てみたかった金沢に、男ひとり旅ってやつです」

「ひとりなの？　彼女とかは？」

「いませんよ。長距離走ってると、彼女ができても会う時間がないし、会っても疲れてグーグー寝てばっかで。だからすぐに振られるんです」

ハハッと笑って、男は煙草に火を点ける。そして男らしく血色の悪い唇から、フーッと無造作に煙を吐き出す。

頬骨が高い。首も太くて手もぶ厚い。きっと毎日重い荷物をトラックに積んでおろして、体中、鍛えられているのだ。

額も眉間に向かって鋭角な山型を描いている。顎のラインも縄文型で四角く、野性味に溢れている。

一説によると、生物の体の突起部分は、ＤＮＡの同じ箇所が司っているのだそうだ。だから鼻や指が大きい男は、アソコも大きくて太いという。

――いやだ、私、なにを考えているの……

首を振ったが、視線はまた彼に引きつけられてしまう。

もったいない――こんな逞しい筋骨隆々の日本男児が、精力を発揮する機会もなく、淋しくひとり寝しているだなんて――

そこへ店主のおじさんがボソッと、

「そろそろ店を閉めるよ」

「あ、はい」

慌てて箸を置いたが、

もったいない、もったいない――

財布を出しながらの、こずえの残念そうな心の声が伝わったのだろうか。

「残したらもったいないっすね」

男はこずえの皿に残ったゴボ天と卵を掻き込み、くいっと酒で流し込んだ。そうしてまた白い歯を爽やかに輝かせる。

「良かったらもう一軒、行きますか」

2

「あぁンンッ、壊れちゃうぅっ！」

ベッドのヘッドボードにしがみつき、こずえは腰をくねりあげた。

まくれたスカートの下、健司が背後からストッキングとショーツに手を潜り込ませ、秘所に指を埋めている。

「濡れてますよ。もうぐっしょり。指がふやけてしまいそうだ」

ぐりぐりと二本の指が、秘裂にめり込んで動き回っている。

「気持ちいい、あぁぁ……すごいのぉっ！」

いましていることが、自分でも信じられなかった。会ったばかりの年下の男とホテルに入って、ベッドの上にいるなんて。アソコを直に触られて、いやらしい声で叫んでいるなんて。

おでんの屋台を出た後、「俺の泊まってるホテルで呑みなおしますか」と言われ、頷いてしまった瞬間、こうなることをどこかで予感はしていたのだ。

それでもソファに座り、健司のつくった焼酎のお湯割りを呑みながら、ふいに肩を抱き寄せられたとき、こずえの頭にはまだ、ふたりの子供の姿があった。

――あの子たちのパパを裏切るような真似は、絶対にできない。

でも、そのパパは自分に隠れて浮気していたのだ。仕事場で近所の主婦と乳繰り合っていた場面を、自分はこの眼で見てしまったのだ。

拒む力がゆるんだ隙に、健司はこずえをひょいと抱きあげた。そしてそのままベッドへ運んでいった。

――うそ、私、こんな年下の子に……

夫にはもうしてもらえなくなった、お姫様抱っこ。悠々と抱きかかえられ、ベッドにおろされた。すぐさまスカートがまくりあげられた。

「え、待って……」

健司の手がお尻を撫でてくる。内腿の付け根にも指を伸ばし、秘肉の中心を淡く擦られた、そのとき、体に電流が走った。

「あン……」

甘い声を漏らしてしまった。子供が大きくなってからは、夫との落ち着いたセックスはご無沙汰で、久しぶりに出した声だった。

指が腰に這い上る。ストッキングとショーツの下に忍び込んでくる。秘所を直になぞられ、秘裂のあわいを探られ、

「あぁ、あ……！」

全身で火花が弾けた。

「健司くン……はぁぁ！」

こずえは尻を突き出した格好で、泣き喘いでいた。いやらしい声が抑えられない。この指を感じること以外、もうなにもできなくなっている。

健司は女肉を探検するように、ひたすら秘裂を擦り続けている。段階を踏んだ愛撫をすっ飛ばしてダイレクトに核心を責めてくる彼に、愚直な男気を感じもする。

――さすが《トラック野郎》だわ。汗臭くて、不器用で、なんて力強いの……

「気持ちいい……体中が、あなたに搔き混ぜられてる……！」

シーツを握りしめ、尻を振りながら、こずえは何年かぶりに女に戻っていく気がしていた。

ショーツが、ストッキングもろとも引きずりおろされた。

「あっ……！」

淡い照明の中、赤いセーターとフレアスカートを身に着けたまま、お尻だけが丸出しになった。

「いや、恥ずかしい！」

腰までまくりあげられたスカートを、手探りでおろそうとした。

そんなこずえの下半身に、健司が顔を近寄せる。

尻のあわいに、湿った吐息がかかった。生ぬるい舌が会陰をなぞった。

「はンッ、ぁンッ」

甘すぎる刺激が太腿まで伝わり、痙攣した。

「だめよ、今日は撮――」

――影の後、まだシャワーを浴びていない――と言いかけて、口を噤(つぐ)んだ。

こんな状況で初めて会った男に、自分が芸能人であることを知られてはいけない。夫と子供がいることも。

「そそられる匂いです」

舌先をねっとりと動かし、健司が深く息を吸い込む。そうして秘裂の下の結び目を、ちろちろとくすぐってくる。

「あ、はぅン……っ」

枕に半分埋まった唇が、甘え声を放った。

三十代のほとんどをセックスレスで過ごし、いまだクリトリスを直に触られると痛みを覚えるこずえにとって、そこはいちばん感じる箇所だった。

そのことを悟ったのか、健司はぬちゃぬちゃと濡れた舌先で舐め続けてくる。

「あぁ、駄目なの、私、苦しくなっちゃう……」

「でも、こんなに腰がヒクヒクしてるよ」

余裕のある声を出して、年下の男はにゅぷっと舌を挿し込んできた。

「ひゃぁンッ」

突然の鋭い快感に、秘肉がきゅっとこわばった。

「さっき食べたおでんのちくわみたいだ。あったかくて柔らかくて、でも弾力があって、中が小さくすぼまっていて」

くちゅくちゅ、くちゅ──健司はタコの足みたいに舌をくねくねと上下させる。

「美味しいお汁も沁み込んでる。舐めてると、じゅわっと舌に滲んでくるよ」

「いやあぁ……」

恥ずかしい気持ちとは裏腹に、くねり続ける腰が止まらない。顔を埋めている枕が、自分の涎で濡れている。

「あなたは顔も愛らしいけど、ここもつつましくて可愛いね」

言いながら、健司が今度は唇を押しつけ、秘肉をちゅうっと強く吸引する。

「うぅ、はぅ……」

なにこれ——体が内臓ごとゼリーになって、彼の口に吸い出されていくみたい……

そしてまた重力が戻る。舌が深くめり込んで、体内を甘やかに圧迫してくる。かと思うと、またきつく吸引される。繰り返される淫靡な刺激に、子宮から脳味噌までがぐずぐずに溶けてしまいそうになる。

「あぁン、はぁぁンッ！」

悲鳴までが肉体を逆流して彼の口に入っていくようだ。崩れきった体内に、快美感だけが渦巻いている。

——男の人に可愛がられることが、こんなに幸せを感じさせてくれるなんて……！

「もっと……もっと、無茶苦茶にして、私を……あなたでいっぱいにして！」

健司がジーンズのファスナーをおろす音がした。

彼の性急さでいけば、このまま挿入されそうな気がする。それも悪くないが、もっと互いを感じ合わなきゃもったいない。

「後ろからじゃ、いや」

彼に向かって体を起こした。

「あなたを見ていたいの。裸で抱き合いたいの」

健司のセーターに手を伸ばした。女からアクションを起こされて、ためらいを浮かべるような彫りの深い顔が、無骨そのものでたまらない。

だがセーターの裾をたくしあげると、健司が続きを預かるように、自分でシャツごとセーターを脱いでくれた。

思わず感嘆の溜め息を吐いた。

目の前に現われたのは、板チョコのようにくっきりと腹筋の割れた、褐色の腹だった。その上は、ぶ厚い筋肉を正方形に隆起させた胸。

精悍な体に、自然と唇が吸い寄せられていく。

葡萄の種のような小さな乳首を、そっと口に含んだ。

「んっ……」

裏返った声があがった。引き締まった筋肉がきゅっとこわばる。

乳首を舌でなぞりあげた。根元に歯を軽く立てて、先端までの狭い面積を甘く嚙んだ。

「あぁ……」

たまらないような声を出して、健司がこずえの髪に指を挿し入れてくる。

「感じる……男もこんなに乳首が気持ちいいなんて」

「ここを舐められるの、初めて？」

「俺、あんまり経験がないから……」

恐縮するような言い方に、胸がキュンと鳴った。

さっきの余裕あり気な態度は、経験値の少なさによる無知ゆえなんだわ——いいえ、虚勢を張ってくれていたのかも——ああ、もう、なにからなにまで可愛いすぎる……！

「だったら私が、思いきり気持ちよくさせてあげる」

逞しくてウブなトラック野郎を、ベッドに押し倒した。二の腕を上げさせ、腋に顔を埋めた。汗の匂いが、ツンと鼻の奥を衝いた。匂いは鼻腔の粘膜に浸透して、甘すぎるものを食べたときに似た、なまめかしい刺激を寄こしてくる。

黒々しい毛の束を、唇で引っ張った。

「あ……」

厚い胸板がピクッと動く。

舌を伸ばし、毛の密集した地肌を舐めあげた。そうしながら、下腹部に手をおろした。すでにファスナーの開いている股間部を、指先で探った。

瞬間、熱い鍋に触ってしまったように、手が跳ねた。

股間はすでに隆々と、ブリーフを衝き破ってしまいそうな勢いで突き勃っていた。

張りつめた生地の上から、雄々しい輪郭を大切に撫でた。

「あぁ、う……」

こずえの下で無防備に腋を晒しつつ、健司が低い呻きを漏らす。野太い首筋が、ゴクッと音をたてて喉仏を上下させる。

こんな素敵な子が、彼女もいなくて、ひとりでトラックに乗っているなんて……

股間を撫でながら、こずえはまた腋窩(えきか)に舌を這わせた。

いっぱいいっぱい、可愛がってあげたい……

陰茎も立派なら、腋毛も太く長く密集し、まるで湿地帯のジャングルだ。濃密な匂いで女を誘い、唾液という蜜を欲しがっている。

ジョリ――

毛根に蜜を沁み込ませるように、地肌を舐めた。

ビクンと、健司が上半身を弾ませる。掌の陰茎も、ここに心臓があるかのように脈を打つ。

「こんなことされるのも初めてだ。ゾクゾクして、こそばゆいのと気持ちいいのが混ざってる……」

「いいのよ、楽にして、感じて」

舌に腋毛がねっとりと絡みついてくる。地肌にそっと円を描いたり、ぺろぺろとくすぐったりしながら、根元部分を上下に摩った。

指先に触れている陰嚢はもっちりと柔らかい。厚手のブリーフごしだから、チョコレートをまとったマシュマロのようだ。なのに、そこから続く胴肉はがっしりと頑丈な芯に支えられて勃起しきっている。撫であげるたびに、ドクン、ドクンと身を突きあげている。

握りしめる手に、力を籠めた。

健司の呼吸が速まった。

「う、う、う……」

眼を瞑り、太い眉を寄せ、ただただこずえの舌と手の動きに、途切れ途切れの呻きを放っている。

「直に、触ってほしい……」

素直にせがむその声が、ジュクンと胸に沁み入った。

手をブリーフの腰の部分から挿し入れた。途端に、腋毛よりも密集した毛叢が指先にまとわりついてきた。

濛々と煙る剛毛を掻き分けて、さらに奥地へ進んでいく。

指先に湿った肉塊が触れた。荒れ野ににょきっと立つピサの斜塔のように、太い胴体を腹側に反り返らせていた。

「あぁ……」

またもや感動の声を漏らしてしまう。

肉幹を握りしめた。心を籠めて、上下に擦りはじめた。

「はぁ、あぁ、いいよ、気持ちいい……」

ビクンと幹が爆ぜるように、屹立がわなないた。

「下着に押さえつけられて、窮屈そう」

健司のブリーフに両手をかけ、亀頭に引っかからないよう、丁寧におろしていく。すると、
ぶるぶるぶるんっ——！

巨大な肉塔が、盛大にしなって姿を現わした。

それはもう神に撃たれても強靭な太さを保ち、大地に聳え立つバベルの塔だった。こずえは言葉を失った。逞しい露頭が、いまようやく解放されたと叫ばんばかりに淫膚をはちきれさせている。先端はぬらぬらとぬめ光り、こうして見ている間にも透明な液がぷっくりと盛りあがって、亀頭の付け根にたらりと垂れ落ちていく。

目を丸くして見入るこずえの前で、健司が自らブリーフとジーンズを脱ぎ落とした。そして、

「あなたも、脱いで」

いかつい体の真ん中で、豪快な分身を反り返らせながら、つぶらな瞳で一途にこずえを見上げてくる。

「ええ……」

いつの間にかこずえは、正座までしていた。ぼうっと操られるようにセーターをまくった。

肌着代わりのシャツ一枚になると、健司の視線が胸や腰のラインに張りついてきた。

舐められる視線を感じながら、思い切ってシャツも脱いだ。ブラジャーだけとなった上半身に、室内の空気がひやりと触れた。

肌寒く感じるのは汗をかいているせいだ。体の中はカッカと燃えるように火照っている。

じっと自分を見つめる健司の眼が、ますます肌をじりじりと灼いてくる。

ブラジャーのホックを外した。肩紐を落とす。

ふるんと、両のふくらみが零れ出た。零れるというほど大きいわけではない。でも彼の前に胸を晒した瞬間、羞恥と疼きが水を溜めたように、脂肪の重みを増やす気がした。

もう一度、健司の屹立を握りしめた。そのまま静かに、唇を寄せていった。

「え」

健司が驚いたように声を震わせる。

彼の顔を見つめながら、肉塔の先端を含んだ。

「うあぅっ」

喉声をあげて、健司の太い首が仰け反った。

ぬちゅ――ちゅ――

薄膚に唇を密着させ、細溝の上で、小さく開いたり閉じたりを繰り返す。そうするうちに淫液がリップクリームみたいにまぶされて、唇にねっとりと粘ついてくる。

「あぁう、気持ちいいよ……！」

手の中で、肉胴がビクンビクンと脈を打っている。そのたびに先端が四方八方に揺れて、口から外れていきそうになる。落ち着いて愛撫するためには根元を手で支えるだけでなく、暴れん坊の頭部もどこかに仕舞わなければならない。

淫液まみれの肉膚に沿って、こずえは唇を沈めていった。

あむっ――

「あふうっ、へえっ！」

健司が、裏返った声を天井に放った。

「んん、んふぅ……」

丸頭を頬張って、こずえも自然と呻きを漏らしてしまう。

もともと並外れた大きさの上、昂奮で肉エラが開ききっているから、これだけでもこずえの口の許容量ギリギリだ。淫液も、いかにも若い力が有り余っているというように味が濃く、甘苦いネバネバが歯茎にも頬の粘膜にもへばりついてくる。

頑張って舌を、肉胴との収斂部に這わせた。

「あへぇっ、ほぅっ」

またもや塔身全体が脈を打ち、こずえは顔ごと揺さぶられそうになる。

野太い根元から中ほどまでを手で擦りながら、舌を動かし続けた。

どこもかしこも厚みのある健司の肉体だが、亀頭と肉胴の繋ぎ目だけは、血管が透けて見えるほど皮膚が薄い。

浮き出た血管の感触を味わうようにチロチロと舌先でなぞった。ふたたび口中にじわっと苦みが滲みだしてくる。

「ふぅぅぅ、いいよ、こんなの……はぁぁぁ」

首を左右に振って喘いでいる健司を見上げながら、唇を肉胴のほうへおろしていった。

裏筋の盛りあがった肉を、左右に舐めながら根元まで下がり、また同じようにして亀頭まで舐めあげた。それを何度か繰り返しながら、ひとつだけ体に残っていたスカートを脱いでいく。

「あぁ、あなたのお尻がくねくね、いやらしく動いてるぅ」

顔中を真っ赤にして、健司は自分の股間にあるこずえの顔と、徐々に露わになる肢体を見つめている。

彼と同じ全裸になると、自分の欲情ももうどこにも隠しきれなくなった。こずえは陶然と口を開き、太い塔身を上下に擦り、裏筋をぺろぺろと舐め続けた。

「美味しい、お口の中が感じちゃう」

もっと奥深い場所まで味わいたくて、陰嚢に舌を這わせた。ちょびちょびと長い毛を生やした皺袋を、口いっぱいににゅるんと吸い込んだ。

「はぉっ！」

「んんん……」

健司の肉体の中で唯一、柔らかくか弱い場所だと思った。無防備なその淫玉を、もぐもぐと舌で揉みしめた。ひとつだけではもう片方が淋しがる気がして、ふたつとも頑張って頬張った。

「あぁぁぁ……ぐりぐりして、むにょむにょして、気持ちいぃぃぃ……！」

「ンンン……！」

ふたつの陰嚢を舌で転がしながら、その裏へ手を伸ばした。肛門までの肉道を、ゆっくりと摩った。そうしつつも、肉胴を握った手を上下に動かすことも忘れない。

「うわぁぁ、もうなにをされてるのか、わかんないよぅ」

三箇所を同時に弄られて、健司がはぁはぁ、へぇへぇと荒い息を吐いている。

こずえも体積の大きい陰嚢に喉の奥まで占拠されて、満足に呼吸できない。涎が零れて陰毛に水玉を飾っている。

「はぁっ、もうたまんない！」

健司が勢いよく上半身を起こした。膝裏が抱えられ、こずえの体が宙に浮いた。

「え……」

気がつくと、腰を抱きかかえられた状態で、健司の膝にまたがっていた。さっきまで舐めていた健司の陰部が、狙いを定めたようにこずえの女陰に当たっている。

「うおぉぉっ」

ぐいっと抱きしめられた。同時に肉の塊が、ぬらついた粘膜にすべり込んできた。

ぐちゅうぅぅぅ——

「あぁぁあっ！」

剛速球が、肉体の中心を駆け抜けたようだった。燃える火の玉が一気に体内にめり込み、開ききった肉傘で粘膜を押し割って、子宮全体にぶち当たってくる。

「うおぉっ、入ってるうぅっ！」

野獣の雄叫びをあげ、健司がこずえを抱えたまま立ち上がった。そのまま、エネルギーが噴出してもうどうしようもないという感じで、ぐいぐいと腰を突き寄こす。

「おぉうっ、おうっ、おうっ！」

「いやぁっ、すごいっ、あぁぁンッ！」

宙に浮いた肉体が、ぐらぐらと揺さぶられた。深く繋がっている一点から、火のような剛直がこずえを突き刺し、快感の塊をこれでもかと打ちつけてくる。

「あぁンッ、感じるのぉっ！　どうかなっちゃうぅっ！」

全力で健司にしがみついた。硬い筋肉を掻き抱いた。

健司の顔は充血して血の色に染まり、こめかみに青筋さえ立てている。肩も胸も腕も、頑強な肉がムキムキと波打ち、はち切れそうな欲望を放っている。

「そこよ、そこなのっ、あぁぁ、あなたの上に落ちていくぅっ！」

叫び声も振動で震えていた。視界が二重三重にぶれていく。ぐいぐい、ごりごり、健司の欲望が肉を抉る。貫かれるたびに意識も肉体も、空中に弾き飛ばされていく。

打ち抜かれるたびに肉体が宙に浮き、快感の源へ落ちていく。ぐらつく世界の中心は、繋がっているふたりの局部だった。

「おぉうっ、気持ちよすぎて死にそうだっ！」

突き上げながら、健司がドスドスと部屋中を歩きはじめた。

「はぁぁぁンッ！」

歩き回る振動と突き上げの勢いが、二重の衝撃を打ち寄こしてくる。

ぐちゅっ、ぐちゅちゅっ、ぐちゅぅっ――

粘膜をみっちりと押し広げた肉塊が、淫らなリズムで子宮をなぶっている。突き上げが一定ならまだ受け止める準備ができるものを、乱れまくる快感が、ますますこずえの理性を奪っていく。

「あぁンンッ、すごい……すごいのぉ……っ！」

嵐のような息を吐きながら、こずえは健司の肩に強く口づけた。口づけるだけじゃ足りなくて、歯を立てて噛みついた。

「くぉうっ！」

健司の肉体がビクンと仰け反った。

途端に、突き上げが威力を増した。太い火柱が全身を串刺しにして、怒濤の揺さぶりをかけてくる。

「あぉぉおっ、たまらないっ、どうしたらいいんだっ！　このまま廊下に出て走り回りたいよっ！」

「どうにでもして……！　私、もう、なにもわからない……！」

「うおぉぉぉっ！」

ドスンと、壁に背中を押しつけられた。衝撃で室内のデスクや照明が音をたてぐらついた。獰猛な一撃が、肉体のさらに奥を貫いてくる。

「あぁぁあっ！」

絶頂感が渦を巻いて吹き荒れた。

「俺もう、体が勝手に動いてしまうっ……！」

顔中をくしゃくしゃに歪め、健司が力まかせに勃起を打ちつける。ぐちゅぐちゅぐちゅっと、開ききった肉傘で粘膜を抉り抜いてくる。

「ひぅっ……くっ！」

突き抜かれる衝撃に、子宮が火を噴きあげそうだ。体も理性も宙を泳いでいる。同時に壁に押しつけられての激震で、子宮から脳味噌まで容赦なく快感に貫かれる。

「はぅっ、おぅ……！」

荒らいだ息が絡み合う。もう互いに声も発せない。ただ無我夢中で抱き合い、ぶつかり合うだけだ。

それでも本能が、伝えたい言葉を放たせた。

「イ、ク……」

健司にしがみついたまま、こずえの両脚がわなわなと開いていく。

「このまま……イッちゃ、う……！」

「俺もだ、もう爆発しそうだ！」

健司の絶叫が、繋がっている男根を通してこずえの全身を震わせた。

「あぁ、あ……！」

「おおおぅぅっ！」

突き上げが、絶頂に向かって一層の勢いを増した。ビリビリビリッと、鮮烈な喜悦がこずえの全身を駆け巡った。

反り返った肉塊の根元から亀頭部までが、余すところなく出し入れされている。先端が獰猛なほどに子宮にめり込み、肉エラが粘膜を削げ取っている。

ぐちゅぐちゅぐちゅっ——ぐちゅちゅっ——

「もう……もう、私……！」

イッているかもしれない——快感が壮絶すぎて、もう自分ではイッているのかどうかもわからない。

奥の奥まで健司を迎え入れるために開いていた両脚が、今度はふたたび閉じていく。こわばった太腿が、ぎゅううとその腰を締めつける。打ち寄せる快感を、肉体の中に閉じ込めたい。その本能だけが狂おしいほどに滾りたっている。

「あぁぁぁっ、すごいのぉぉ、私……止まらないぃぃっ！」

「俺も、出るっ、出る……！」

絶叫の直後、激しく動き続けていた健司の肉体が、ピタッと止まった。続けて、その腰が小刻みに震えはじめた。

「あぁ、あぁ、あぁ……！」

健司の背筋を掻き撫でた。指のはざまで熱い汗が垂れ落ちる。

「こずえさん……あぁ……」

「健司くん……健司くん……」

絶頂のさなかで健司の名を呼びながら、こずえは彼の律動を、最後のひと突きまで受け止めていた。

「……ごめんね」

ベッドにふたり横たわって、健司がおもむろにそう呟いた。

「早かったことを気にしてるの？」

こずえは彼の額に手を当て、まだ光っている汗を拭った。

健司は天井を向いたまま答えない。

「それとも少し乱暴だったこと？　いいのよ、私、気持ちよかったもん」

「俺も……よかった」

「ありがとう。今夜の私は、とっても心が軽くなってる」

健司に布団を被せて、その胸にぴたっと顔を埋めた。

心も肉体も解き放たれていた。何年かぶりの心地だった。そうさせてくれた男が、いまはただ愛しかった。

だから気づかなかった。今夜初めて出会い、名乗ってはいないはずの自分の名前を、先刻、彼が呼んだことに。

「さあ、このままぐっすり眠ってね。私は自分のホテルに戻らなくちゃ」

「……あの」

起き上がったこずえの手を握り、健司がもう一度、小さく言った。

「ごめん……あなたのこと、忘れない」

3

「大変なことが起こりました！」

マネージャーが深刻な様子で控え室に入ってきたのは、東京のスタジオ撮影に戻り、麻矢、桜、こずえの三人で昼食を食べているときだった。

麻矢はエビフライの衣を剝ぎ取る箸を止めた。

「どうしたの」

「実は……」

ヒソヒソ声で、マネージャーが説明をする。

「なんですって、こずえの『密会写真』が来週発売の週刊Rに?」

「ゴホッ、ゴホッ……!」

チーズハンバーグを食べているこずえが噎せた。

「うそ、『密会』って、もしかしてあの……」

「こずえ、心当たりがあるのね」

麻矢が睨むと、こずえが数日前、年下男と一夜を過ごしたことをしどろもどろに明かした。

「あんたってば……昔から筋肉バカに弱いんだから!」

「なによ、その人はとっても優しかったもん!　うちの旦那だって言うほどバカじゃないもん!」

「どんな男なのよ、名前は、職業は」

「名前は健司くんで、仕事は《トラック野郎》で」

「いえ、週刊誌の記者が言うには……」

マネージャーが硬い声を挟む。

「――役者ですって？　トラックの運転手じゃないの？」

「はい、《健司》というのも偽名のようです。本名は山本俊二。あの、これは麻矢さんには言いにくいことなのですが……」

「知ってるわ、その男」

額に手を当て、麻矢は溜め息を吐いた。

「やられたわ……私の夫が使ってる役者よ」

「えぇぇ？」

こずえが零れそうなほどに目を見開く。

「ほんとうに？　じゃあ、あれはぜんぶ、演技だったってこと……？」

「山本は上手い役者なんだけど、いまどき流行らない無骨タイプでなかなか芽が出なくてね。おおかたうちの夫が、こずえを引っかけてホテルに入る写真を撮らせれば、今度の作品でいい役をあげると約束でもしたんでしょうよ。男の側には年上女優との不倫スキャンダルなんて、いい売名ネタになるしね」

そうしてそのスキャンダルによって夫は、同じ時期に上映する自分たちの映画を潰すつもりなのだ。

「そんな……だとしたら彼、演技上手すぎ……」

「感心するところじゃないでしょ。これが週刊誌に載ったら、私たちの映画の邪魔になるだけじゃなく、あんたの家庭もむちゃくちゃになるわよ」

「……うん、わかってる」

シュンとこずえがうなだれた。桜も気の毒そうにこずえを見つめている。

「私、浮気した旦那に仕返ししたくて……ごめんなさい」

「まったく……」

麻矢はこずえの肩を抱き寄せた。深刻顔で暗いムードを盛りあげる桜の背中も叩いた。

こずえもバカだが、原因は自分たち夫婦の諍い（いさかい）にある。元はといえばこの三人で映画をつくるのも、夫を見返したいとの自身の思いが発端でもあったのだ。

「私がなんとか算段をつけるわ。あいつの罠にまんまと嵌（はま）ってなるものですか」

第六章　密室の痴戯

1

延々と続く白い漆喰壁が、その屋敷を取り囲んでいた。瓦屋根が大きくせり出した四脚門の前で、麻矢はリムジンを降りた。まとっているのは水仙をあしらった薄紫の訪問着に、帯は吉祥文様の袋帯。

門前に立つと、重い軋みをあげて門が開いた。

「お待ちしておりました」

女が出迎え、麻矢を中へと案内する。四十代後半くらいだろうか。衿を抜いた和装姿が、妙に婀娜っぽい。

石燈籠の灯りの落ちる露地を渡り、竹林に覆われた茶室の前まで来ると、女は「こちらです」とだけ告げ、静かに竹の葉陰へ去っていった。

静寂の立ち籠める真冬の庭を、十三夜の月が皓々と照らしている。

意を決して、障子戸を開けた。四畳半の客畳の向こう、炉を切った点前座に、黒衣の老人が端座していた。

「ほう、和服でいらっしゃいましたか。控えめなお着物だが、あなたの気品が滲み出ている」

板についた十徳姿。きれいに剃りあげた頭を撫で、糸のような眼をさらに細める。

老人の名は吉良敏雄。戦後、地方の興行主として身を起こし、昭和三十年代に芸能プロダクションを設立、八十二歳になるいまでは《芸能界の長老》と呼ばれている男だ。

畳に指をそろえ、一礼した。

「お忙しい中、お時間をいただき、感謝いたします」

「近頃はあまり人と会わないようにしておりましてね。しかし麻矢さんからのお願いでしたら断るわけにはいきません」

しわがれ声で答え、吉良はまた炉に向かう。

「電話で申しあげたとおり、お願いがあってまいりました」

「Rという週刊誌のことですね。河原こずえさんのスキャンダルが来週の号に出るのだとか」

「その記事を、吉良さんのお力で揉み消していただきたいのです」

単刀直入に告げた。

吉良は薄い唇でうっすらと笑い、紫の帛紗(ふくさ)を折りたたむ。そうして皺深い手で抹茶の入った棗(なつめ)を拭き、

「私はあなたのご主人とも、昔から親しくてね」

と、牽制をかけてくる。

「わかっております。ですから今日は、夫には用意できないお礼を持参してまいりました」

「ほう、なんですかな」

「私自身です」

吉良は予想通りの答えだとばかりに、眉ひとつ動かさず茶杓を取る。

金も権力もある吉良だ。女はいくらでも選べるだろう。彼好みの女を用意する草履持ちも多いに違いない。

だが、この男は乗ってくる——

麻矢は強く吉良を見た。

どんな女も手にしてきた男でも、決して触れられない女がいる。性欲も情愛も超えた「夢」を抱かせる女だ。それが私だ。私はずっと夢を与えるプロとして第一線に立ち続けてきた。

たとえ相手が海千山千の長老だろうと、女と男として向き合ったとき、私はこの男に負けな

い——

しばしの沈黙が続いた。

「そこで脚をお開きなさい」

ふいに、吉良が帛紗をさばきながら言った。

「え……？」

唐突な言葉に、麻矢は思わず訊き返した。

「あなたほどの女性が、『え』だなんておぼこいことを。私に持参した『お礼』とやらを最初に見せていただきます。そこにお尻をついて、私に向けて脚を開くのです」

正座したまま、麻矢は絶句した。覚悟はしていたが、いきなり露骨にくるとは思わなかった。

「八十二歳の老人だからと舐めていましたか。どうせ勃たないから適当に体を触らせればいいとでも」

「いえ、決してそんなことは……」

「アイドルの頃とは違い、あなたも四十一だ。大人の男が自分を守ってくれる存在だけではないことはおわかりのはず。さあ、私にお願いごとをするなら、あなた自身が私の心を動かしなさい」

静かな、だが凄みのある声だった。麻矢は膝の上で手を握った。

「ごもっともです。私は今日、あなたに身を売りにきたのです」

「よろしい。ぐずぐず言わないのは気に入った」

吉良は茶碗に湯を入れた。そのまま落ち着いた手つきで、茶筅を湯にくぐらせる。脚を開けと言いながらこちらを見ないのは、欲望の視線を与えて手伝ってやることはしない——そう告げているのだ。

——いいわ、私だって舐められるような女じゃない。アイドルとして女優として這いあがるために、いくつもの修羅場をくぐり抜けてきたわ。ひとりの老人の前で脚を開くくらい、どうってことない。

麻矢は正座を崩し、畳に尻をついた。両脚を吉良に向けて、着物と長襦袢の裾を順にはだけていく。その下には、下着代わりの裾よけが、閉じた太腿の輪郭を浮きあがらせている。通常の下着は着けていなかった。着物にラインが出るからとの理由ではない。最初から吉良にこの身を与えるつもりで来たからだ。

その吉良は相変わらず茶器を手に炉に向かっている。強要されてもいないのに自ら秘部を晒すのは、力ずくで押さえつけられる以上の屈辱を覚えるものだと、教えられる思いだった。

だが、試されているのだ。映画のため、頂点に立ち続けるため、私はなんだってする。

裾よけの裾をまくった。はらりと布地が落ち、左の太腿が中ほどまで露わになった。

シャラ――

吉良が茶筅を、茶碗の湯ですすぐ音がした。

こちらを見ない男に向かって、麻矢は太腿を覆う最後の生地をすべり落とした。

畳の上、麻矢の白い太腿が、付け根付近まで曝けだされた。

利休の侘び寂を演出しているのか、茶室の暖房は控えめだった。障子を通して忍び込む夜気が、不穏な静けさを運びこんでくる。

吉良はまだこちらを見ない。澄ました表情で茶巾を畳んでいる。

わかっている。この男は私に「脚を開け」と言ったのだ。命令どおりにするまで餌も与えず、相手にもしないということだ。

じり――

白足袋（しろたび）が、畳を擦った。閉じた膝を、ゆっくりと開いていく。ひんやりとした空気が、内腿を撫でるように立ち上ってくる。

さらに四十五度ほどの角度で、太腿を広げた。吉良がいまちらりとでもこちらに目をやれば、秘所の翳りだけでなく、中心の秘肉も見えるはずだ。そこがいちばん、心細いほどに冷気を感じている。

コン――

静寂に針を刺すように、鋭い音が鳴った。吉良が櫂先についた抹茶を、茶碗の縁で払ったのだった。

「そのまま、自慰をしてごらんなさい。演技は見抜きます。いつも自分でしているように、ここでやってお見せなさい」

告げて、吉良は端正な所作で棗の蓋を閉じる。

言葉もなく、麻矢はその横顔を見返した。

ジョロジョロ――

湯が茶碗に注がれた。

戸惑っている麻矢に、吉良は次の言葉をかけてはこない。ぐずぐずしていると、どこかでタイムリミットを下され、この茶室から追い出されてしまう。そうなると、二度と願いは聞いてもらえなくなる。

コク――

緊張で乾いた口中に、滲み出る唾液もなかったが、麻矢の喉はなにかを呑み込むように動いた。

指を、自身の秘所に当てた。人差し指と薬指で、クリトリスを両脇から挟んだ。そうして中指の腹で、突起を軽く圧迫した。

――あ……

かすかな痺れが、腰から太腿まで走った。

嘘だ、娼婦まがいのことを行う状況で、この自分が欲情など、わずかでも覚えるはずはなかった。ましてや相手は権力にものを言わせ、邪魔者は徹底的に潰してきた老人だ。いまも黒衣に覆われた腹の中で、どんな黒い感情を抱いているかわからない。

だが、麻矢は動揺を抑え、いま感じた箇所を、もう一度強く圧した。

「演技なんか、しないわ……」

途切れがちの声で答えた。

「本気で……やってみせる」

クリトリスに添えた中指で、小さく弧を描いた。

――ンッ……

また皮膚の下で微粒子が流れ、麻矢は膝を震わせてしまう。

ほんの一メートルも離れていない先で、吉良はゆったりとした面持ちで炉に向かい、茶を点てている。

――この男を、振り向かせたい。

羞恥とはべつの感情が、麻矢の中でざわめいていた。

人差し指と薬指で両脇を押さえながら、さらに中指でクリトリスを転がした。

指の腹で、媚芯が硬く尖っていくのを感じる。指を動かすたびにピリッと淫刺激が太腿に流れ、電気ショックを与えられたカエルみたいに脚が痙攣する。

「いつもそんなふうに、ご自分を慰めていらっしゃるんですか」

シャカシャカと茶筅を動かしながら、吉良が落ち着いた声を寄こした。興趣がない、とでも言いたげな横顔だった。

「……ええ、冒頭は」

二本の指でクリトリスを挟み込んだまま、中指を秘裂におろしていった。尿孔をそっと擦ると、クリトリスとはまた違う淫覚が走る。痛みとのはざまにある搔痒感が、甘い疼きを搔きたてる。

――淫らになってみせるわ。この男を圧倒するくらい。

秘唇のあわいを、なぞり下ろした。そこはまだ乾いていた。体がどうしても緊張しているのだ。

だったらほぐせばいい。クリトリスを挟んでいた二本の指を、大陰唇へと這わせていく。

左右から媚肉を引っ張り、秘裂を広げた。吉良の位置からすれば女園がひし形に開き、内部の粘膜が色も露わに晒されているだろう。

内側へ、中指を潜ませた。

ぬちゅ——

思わぬ膚触に、麻矢はたじろいだ。外側はまったく潤みを帯びていなかったのに、中はべつの肉体かと思うほど、熱い沼が湧きたっていた。

——どうして……いつも自分でするときよりも、濡れている……

コントロールできない自分を、麻矢は知らない。仕事でも、人間関係でもセックスでも、取り乱すことのみっともなさをよく知っている。相手より上に立つためには、熱情を支配することこそが大切なのだと心得、そうして女優として生きてきたつもりだ。

平気よ……私は淫らな自分さえ支配できる……

指をさらに潜り込ませた。第二関節まで押し沈め、ゆっくりとくねらせた。

「んっ……」

肉体の奥で、疼きがさざめいた。

快感の粒子がじくじくと媚肉を縫い、粘膜の襞から滲みあがってくる。粘膜に熱い水が溜まり、じゅっぷりと音をたてるようにふくれあがってくる。

——……どうして……感じる……

指が自然と動きはじめた。指の腹で、入り口付近の天井を摩りだしている。

「くっ、あぁ……」

ぬちゅ、ぬちゅ——

指を動かすごとに、卑猥な音が茶室に鳴り響く。

シャカシャカ——

吉良はその音が聞こえないかのように、冷然と茶を点てている。

「あぁ、はぁ……」

中指だけじゃ足りなくて、薬指も女孔に挿し込んだ。二本の指をうねらせて、粘膜を思いきり擦りあげた。

「あぁぁ……」

快感が太さを増して迫ってくる。指の動きがひとりでに速くなっていく。両脚はいつの間にか九十度を超える角度で、吉良に向けて開いている。

——見て、私を見て——！

シャカ——

茶を点てる音が止み、吉良が茶筅を碗から抜いた。茶碗を持ちあげ、そうして初めて、体をこちらに向けた。

「ごらんなさい」

碗が畳に置かれた。

茶の表面は、ふっくらと細かい泡に覆われている。茶筅を抜いたときに盛りあがった中心が、かすかに丘のように残っている。

「お茶という液体が、こうして点てることによって容(かたち)と模様を描いていくのです。私の思いのままに」

麻矢は指を挿し込んだ体勢のまま、胸で呼吸しつつ、茶と目の前の男を交互に見た。

吉良が枯れ枝のような指先で茶の泡を掬った。やたらに長く、先の尖った指だった。

「あなたは澄みきった水のように美しいが、それは湖に湛えられた水ではなく、地形を削る滝の如き激しさだ。なのに自分では、流れゆく先を支配できると思っている」

そしてその指を、麻矢の女陰に伸ばしてくる。

「あぅっ……！」

人肌よりも熱い緑色の泡が、秘唇の片方にまぶされた。

吉良はまた指を戻し、同じ所作を繰り返す。もう片方の秘唇も、もったりと泡で覆われた。

敏感な膚の上で、気泡の弾ける感触を覚えるのは、気のせいかもしれない。

ぷちぷち、ぷちぷち――

泡は秘唇からしたたり、淫裂の下の結び目まで垂れ落ちていく。

「あなたを、私が泡立ててあげましょう」

「なに……あっ……！」

吉良の細長い指がまたもや近づき、女孔ににゅるりと忍び込んできた。自身の指と合わせて三本の指が、膣肉を埋め尽くした。

「動かし続けなさい。あなたの気持ちいいように」

吉良の中指が、波を立てるように膣内でくねりだす。

「あぁっ、そんな……」

細長い分、関節の凹凸がはっきりとした指だった。枯れた老竹のような鋭さがなお、自分の指とは別物だとの感触を寄こしてくる。

「さあ、私の前でぼんやりしているつもりですか」

麻矢は唇を嚙みしめ、吉良の命じたとおり、ふたたび指を動かした。

吉良の中指は膣内で向きを変え、今度は肛門の裏側を揉み込んでくる。

「あっ……い、いや……」

我知らず麻矢は畳に尻を擦りつけ、後ずさった。自分の指では決して与えられない感覚に、本能がおののいていた。

吉良の指はなんなく追いかけ、その一点を責めてくる。

「あっ、あ……」

「ほう、あなたはやはりここが弱いんですね。いままで後ろに挿れられたことはありますか」

歯を食い縛り、首を振った。

これまでどんな男にも、後ろの孔は触らせたことがない。そこが見えるような体位も許したことはない。排泄の器官をさらし、相手に屈する姿勢で貫かれることなど、この自分にはあり得なかった。

「やめ……うっ、くっ……」

やめてと願うことはできない。堪えるしかない。そう腹を括っているのに、体がどうしても逃れようとにじり下がってしまう。

狭い茶室の中、背中の帯が壁に潰れた。

「せっかく私のところへ身を売りに来たんだ。もっと素直になりなさい」

吉良がさらに指をうねらせる。異様に細長く尖った指が、コンパスのようにきれいな円を描きだす。そうして肛門の縁を粘膜ごしになぞり、くいくいと圧してくる。

「あっ……！」

それは突然だった。妖しい痺れが皮膚を劈いた。なにかはわからない。自分の肉体の記憶にない感覚が、吉良の描く円内で絞り出されてくる。

「あぁ、うぅっ……」

首を振りながら、だが麻矢の指も自らくねりだしていた。狭隘な女孔の中、吉良の弄ぶ箇所とは逆方向の膣粘膜を擦り続けている。

「ん、んん、あ……」

「ふふ、そうです。もっと自分が求めるまま、自由になさい」

ぬちぬち、ぬちゅ——

粘膜の上と下で、それぞれの快感が膨張し、繋がりだしていた。慣れ親しんだ性的快美と、節くれだつ指にもたらされる得体の知れない感覚と。吉良の指が蠢くごとに、熱い痺れがじゅくりと粘膜に沁み込み、下腹部にまで伝播してくる。

「はぁン……あぁ」

ぶつかり合う指のはざまから、とろりと蜜が零れ出した。一本の筋となって会陰を伝い、尻で波打つ裾よけにまでしたたり落ちていく。

ミシッ——麻矢の女陰を弄びながら、吉良が畳の縁を持ちあげた。

土と木の匂いを孕む冷気が、仄かな風を寄こす。

現われた暗い空間に、黒革の鞄が置かれていた。

取り出した吉良が、その鞄を麻矢の横に置く。

「開けてごらんなさい」

「は、い……」

指を抜き、金の彫刻の施された留め具を外した。口を開け、直後、目を見張った。中に詰まっているのは、オレンジや紫色のヴァイブレーターに、ピンク色に照り光るローター、太さも形状も様々な、長いものから歪に湾曲しているものまで——

「驚いた顔をして。まさか使ったことがないのですか」

不気味な笑みを浮かべ、吉良が淫具のひとつに手を伸ばした。選ばれたのは、異様な反り返りを見せる紫色のヴァイブレーターだった。ゴツゴツとイボを全体に浮きあがらせ、先端からは長い突起をもう一本、触覚のように伸ばしている。

「あなたの着物の色とお揃いですね。紫は肌の白い女性によく似合う」

おぞましさに頬が引き攣った。

壁に背中を押しつけられた状態で、衿元をつかまれた。力強くはだけられ、両の乳房が零れ出た。

ヴィーン——

ヴァイブにスイッチが入る。グロテスクな胴体を淫猥にくねらせ、ゆっくりと乳肌に接近してくる。

「熟れた脂肪の詰まった胸だ。こんな美しい胸を見ると、私は『豊かさ』という言葉を思い出します。女体の持つ奥深さに感服するのです」

うねる頭部が、乳肌に押し当てられた。丸い先端が下輪部にめり込み、振動を寄こしながら柔肉を摩りあげてくる。

軟体動物が数匹がかりで這うような感触に、麻矢の肩がヒクッとすくんだ。群れはふくらみの稜線を辿り、畝をよじ上り、乳暈の周りで輪を描きはじめる。

「んっ、ん……」

輪の円周は徐々に縮まり、白肌と乳暈の境目に迫ってくる。

「インパクトのある目鼻立ちから、ここの色も濃いのだろうと想像していましたが、どうしてどうして。輪郭も淡く、可憐なつくりだ」

乳首のすぐ下にヴァイブを留め、吉良は皺深い顔を近づけた。

「先端へいくごとにほうじ茶のような色が濃くなり、だが勃ったときに露出する乳頭には、桃の花がつぶつぶと混じっている」

ヴァイブの頭部が乳首に触れた。鋭いほどの膚触に、そこがいつしか硬く尖っていたことを思い知らされた。

吉良はシェーバーを扱うような手つきでヴァイブの角度を微妙に変え、乳首の付け根から先端をなめらかにすべらせてくる。微細な刺激が敏感な芯を震わせている。ざわざわと練り動く軟体動物の、無数の毒針にちくちくと刺され、快感がさざ波のように乳肌を這い、肌の内側を炙ってくる。

「はぁ、あぁぁ……」

そしてこういうとき、女は我知らず腰までよじらせてしまうのだ。欲しがるように、ねだるように、疼きの溜まった陰部を切なくヒクつかせてしまう。

「ふふふ、あなたはご自分でも、男を惑わす色香を持っていると存じているでしょう。でも男が心底血迷うのは、あなたのような完璧な女性が、我を忘れて溺れ、乱れる姿になんですよ」

手が取られた。指を一本一本開かれ、ヴァイブレーターを握らされた。

「欲しい場所に、自分で挿れてごらんなさい」

「これを……なに……」

「同じことを何度も言わせるのですか。それとも私に挿れてもらえると思っていたのですか」

笑いを含んだ声が返ってきた。

麻矢の掌に、動き続けるヴァイブが振動を寄こしている。紫色の丸い頭部が、初めて淫具を手にする女を嘲るようにうねっている。吉良は、能面の翁のような笑みをぬったりと浮かべ、麻矢の行動を見定めようとしていた。

ヴァイブを、下腹部におろした。うねる先端を、陰部に押し当てた。

——んっ……

ビクッと腰が弾んだ。

ただでさえ敏感な秘唇が、傍若無人な機械の振動に反応している。胸もこのヴァイブに弄ばれたばかりだ。性感が高まりきっている。

唸りをあげる人工ペニスを、秘唇のあわいに収め、慎重に埋めていった。蜜液をまとった粘膜に、丸い頭部はなめらかにすべり込んできた。

「んっ……はぁ」

安堵したのも束の間、前後に首を振るシリコン棒は、予期しない動きで膣肉を押し拡げだした。機械だからこその複雑なうねりで粘膜を変容させ、悩ましい圧迫感を与えてくる。

「いい眺めですよ。真っ白な太腿が、ぷるぷると付け根の脂肪を震わせている」

「ふぅっ、く……」

淫感に堪えながら、さらに押し沈めた。丸い巨頭が恥襞を逆撫でし、膣の最奥まで沈み込んでくる。

「ほほう、ヴァイブの音が、女陰に閉じ込められてくぐもってしまいましたな。音の具合で、あなたの締まりの良さがわかりますよ」

言いながら、吉良が下腹部に手を当ててきた。

「うっ……」

引き攣った腹の肉を、人工棒の動きを確かめるように揉みしめてくる。

「この音と動きを、あなたの肉体が吸収している。どうですか、初めての淫具の使い心地は」

「あっ、あぁ、やめて……」

お腹を押さえつけられ、ますますヴァイブの振動が逃げ場所をなくし、媚肉を如実に震わせてくる。そして上へ下へうねる頭部が、先刻も自身で愛撫した天井部と、吉良に刺激された肛門付近とを、狙ったように攻めてくるのだ。

「こんなの……くっ……」

造り物の下品な道具で肉体を弄ばれるなど、いまのいままで想像したこともなかった。実際に眼にしても、侮蔑と嫌悪感しか湧かなかった。

なのに女の肉が勝手に反応してしまう。疼きを孕んだ粘膜が、後から後から熱い潤みを湧きあがらせてくる。

呻きを堪え、両脚をこわばらせている麻矢に、吉良が次の指令を告げた。

「じっとしているだけじゃ足りないでしょう。ほら、自分で動かしてごらんなさい」

「あぁ……っ」

命令されたからなのか。それともこの肉体が求めているのか。

ヴァイブを握った麻矢の手は、なにか操られるように動きだしていた。

ぶちゅっ、ちゅにゅっ、ちゅにっ――

出し入れするたびに機械の唸り音が、響いたりくぐもったりを繰り返す。うねる頭部は膣肉のあらゆる箇所を押し拡げ、粘膜を擦りあげる。

畳の上で脚を広げ、自身の手で人工棒を出し入れする様を、吉良が薄ら笑いを浮かべて眺めている。

――この男を、満足させるためよ……私の、映画のため……

誰に聞かせるわけでもない言い訳が、唯一、麻矢のプライドを支えていた。

「初めてお使いの割には上手な腕さばきですこと。表千家の茶道も手だけでなく、腕全体を回して茶を点てるのですよ。ほうら、もっと激しく自分を掻き乱してごらんなさい」

「あぁ、あ……」

脳が直接指令を受けたように、腕の動きを速めていく。ぐちゅっ、ぶちゅっと卑猥な音を響かせ、人工ペニスで自身を打ち貫いている。

乱れ落ちた髪が自身の動きに合わせて揺れている。太腿がひとりでに開く角度を増し、足袋の爪先が反り返っていく。

「いい眺めです。お汁がヴァイブに掻き出されて、噴き零れていますよ。お尻の下の肌襦袢が、おもらしをしたようにびしょびしょだ」

肩をつかまれた。そのまま前へ倒された。

「あっ……」

「抜いてはなりません。そのまま手を動かして」

畳に這わされた麻矢の腰に、手が伸びてくる。

長着と長襦袢が腰までまくられ、続いて薄生地で尻肌を撫でるように、裾よけがゆっくりとめくりあげられた。

「あっ、や……っ」

「動かすのはヴァイブを持った手だけです。後はじっとしていなさい」

麻矢は唇を噛み、畳に爪を立てた。吉良の眼前には、紫の人工棒を咥えた自身の女陰が曝け出されているのだ。

「こんな格好……」

「男の前でしたことないですか。あなたは男に従わせる女ですからな。だが」

バチンッと、尻が打たれた。

「きゃうっ！」

逃げかけて、また打たれる。

バチンッ、バチンッ、バチンッ——

「いやっ、痛いっ、やめてっ！」

「高貴な百合だからこそ、花びらを毟(むし)る愉しみもある。言いましたね、私に演技は通用しません。あなたは私の下で、自ら壊れていくのです」

そう言って吉良は連打を止め、今度はその手で尻肌を撫でてくる。ひりひりと痛みの残る皮膚に、乾燥した掌が穏やかな感触を寄こしてくる。

「わかってる……なんでも、するから……」

悔しさを籠めて、呻くように言った。

肌を、爪先が淡く引っ掻いた。

「間違わないように。私に身を委ねるのではない。楽に堕ちていく女になど、興味はない」

剝き出しの尻を突き上げた体勢で、麻矢はぎゅっと目を瞑った。

「さあ、腕がおろそかになっていますよ。もっといやらしい音をお聞かせなさい」

吉良に言われなくとも、ヴァイブを吞み込んだ女陰は、もうその存在なしには考えられないほど飢え、充溢感を求めている。

電動の刺激が体内に、網状の快感を縫い込んでくる。網は肉を捉え、粘膜にめり込み、奥の奥にひそんでいた快感を絞りあげてくる。

「あぁ……ふっ……」

腕を動かした。醜怪にせり出した頭部のエラで膣肉を抉り、自身の奥を搔き回した。

「ふふ、そうです。あなたのように野心のある女は、いざとなれば性に対しても貪欲になるものです」

吉良がまた尻を撫でてきた。さわさわと枯れ葉でさすられるような感触に、ふたたび喘ぎかけたとき、

「ひうっ……！」

衝撃が、体の中心を衝き走った。肛門に、冷たいなにかを垂らされたのだ。

「大丈夫です。力を抜きなさい」

尖った指が、粘液をすぼまりに塗りつけてくる。

「なに、なにを……」

誰にも触れられたことのない箇所に、生まれて初めて与えられた指の感触——うろたえて振り返った麻矢の目に、さらに異様なものが飛び込んできた。

ビー玉大の、真珠のような白い玉。十個ほど連なっているそれは、まるで千切れたネックレスのような——

「これも見たことありませんか。まぁ本当につまらない男とばかり付き合ってきたのか、それとも、どの男にも好きにさせる余裕をあなたが与えてこなかったのか」

数珠つなぎの真珠玉を、吉良はぶらんぶらんと尻肌に当ててくる。

「なんなの……なにをするの……」

指先が、先端の玉をつまみ、すぼまりにあてがった。

「息を吐きなさい」

むにゅり——

丸い感触が、肛門のすぼまりを押し割ろうとする。

「ひゃうっ！」

「力を抜きなさいと言ったでしょう」

恐怖で混乱する麻矢の抵抗もものかは、そのまま玉は、内臓を押しあげるような感覚を寄こしてくる。呻きをあげる間もなく、丸々押し込まれてしまった。

「いやっ……抜いてっ、なんなの、お願いっ！」

「まずひとつめです。残りの真珠が孔から垂れて、尻尾みたいで可愛いですよ」

「いやぁっ！」

「高貴なあなたに似合う真珠の尻尾だ。ただちょっと長すぎるので、もう少し短くしましょう」

ふたつめの玉が、またすぼまりを圧迫した。

ぐにゅん——すでにひとつが入っている場所へ、その玉もすべり込んできた。

「あっ、いや……お願い……！」

「まだまだです。あなたには知らないことが多すぎる」

ローションがふたたび垂らされた。

三つめの玉が、ぐっと押し入れられた。

「あぁぁぁ……っ」

「また腕が止まっていますよ」

吉良の含み笑いが耳をなぶる。

「う……く……」

膣内で動いているヴァイブが、粘膜ごしに真珠と当たり、ジリジリと振動している。だがそれが快感なのか不快なのか、麻矢にはもう判別がつかない。

挿れられている最中は全身が硬直していたが、いまはその分、弛緩しきっている。額には脂汗が滲み、視界は涙で曇っていた。

「たった三つで疲れ果ててしまうとは、恋多き女の名がすたりますよ。腕を動かすんです。この姿で自分を慰めている様を、私にお見せなさい」

「うぅ……う」

涙を零し、麻矢はヴァイブを握る手に力を籠めた。言われたとおりにするしかないのだ。自分の映画を成功させるため、この長老の要求をすべて呑む覚悟でここへ来たのだから。

ふたたび手を動かした。

「はぁうっ……」

ヴァイブの先が、肛門の真珠玉に触れたのがわかった。カチカチカチカチッ――体内で転がる音。膣内から肛門まで、淫靡な刺激をまとっていく。

「あ、あ、あ……」

いったんバイブを亀頭部まで引き抜いた。ふたたびゆっくりと慎重に、深く埋めた。

肛門の異物が、どうしても恐怖めいた違和感を与えてくる。

だが膣内の感覚は、真珠を入れられていない先刻とは明らかに変わっていた。快感が、鉛に覆われたように重く溜まりだしていた。

「どうし、て……」

動揺に襲われながら、麻矢は腕を動かし続けた。女陰が自ら人工ペニスのうねりを求めている。

決して尻の穴が気持ちいいのではない。抵抗感や羞恥心が快楽を装飾するというような、そんな単純な作用が起こっているのでもない。

なのに、お尻に異物を入れられた状態で膣内を擦ると、感覚が奇妙に何倍にもふくれあがるのだ。女陰が生を持ったように、悦びのざわめきをあげだすのだ。

「そのままヴァイブを動かしているんですよ」

吉良がまたもや、すぼまりにローションを垂らした。

「え……まだ……」

「まだです。はい、四つ――」

数えながら、玉がまた押し込まれる。機械の振動を受けながら、すぼまりが拡げられていく。その感覚が粘膜の内側で、熱を加えられて変質していく。下半身が腰から膝まで、ぶるぶるると震えだす。

「五つ――」

「ンンッ……あぅ」

「六つ――さあ、ここまでにしてあげましょう」

最後の玉が、すぼまりに押し込まれた。全部で六つもの真珠玉が、麻矢の肛門に入れられた。

「ぅくぅっ」

――どうして……

「かん、じ……」

呟きかけて、麻矢は首を振った。

だが吉良は見透かしたように、

「我慢する必要はないんですよ。もっといやらしい声をお聞かせなさい」

言いながらゆらゆらと、尻から垂れた真珠玉を揺らしてくる。

「気持ちいいんでしょう。お尻に真珠玉を六つも入れたことで、膣の感覚がさらに敏感になっている。そうでしょう」

「う……あ、あ……」

答えられないのは、言葉を発する力も失われているからだ。

――気持ちいい、気持ちいいの、どうして、感じる、私のアソコが、いつもと違うの、熱くて、溶けそうで、おかしくなりそう――

畳に顔を擦りつけ、ただ腕だけが緩慢に、ヴァイブを動かしていた。止めることはできなかった。

膣内で人工棒が練り動くたび、肉襞が一枚一枚、悦びに弾けてまとわりついていく。熱い水がじゅくじゅくと湧き、粘膜から迸っていく。

もっと――苦しいほどに溜まりきった快感を、解き放ちたい――早くそこに辿り着きたい

――焦燥の中で、ひたすらヴァイブを突き動かした。

「おほ、あなたのここから、白いものが溢れてきましたよ」

押し拡げられた淫裂の脇で、吉良の指が液を掬う。

「おお、旨い。ちょうど良かったですよ。私は医者から甘いものを控えるように言われているのでね、今度からこの練乳をイチゴにかけて食べましょう」

「あぁ、んん……」

ひやかしの言葉にも、もう喘ぎで返すしかなかった。

ぶちゅっ、ぐちゅぅぅぅ――

自身を打ち貫くたび、ヴァイブの電動音を掻き消すほどの濡れ音が、茶室の壁や天井に鳴り響く。

同時にお尻の内側で、六つの真珠玉が振動して蠢いている。

「感じるの……そうよ、私……感じてるの……」

上擦った声が、ひとりでに漏れた。むしろ、投げ遣りに呟きたかった。

「すごいのよ、お尻が、アソコが……ヘンなの、溶けちゃう、溶けちゃうの……」

「ええ、溶かしてあげましょう」

吉良が真珠玉を引っ張りあげた。

「えっ、やめ……！」

恐怖と羞恥に襲われた。排泄の孔に入ったものが出されるのだ。生身の人間なら当然思う不安があった。だが、
ぐにゅん——

瞬間、鋭い喜悦が体内で爆ぜた。ひとつの玉が、すぼまりから引き抜かれたのだ。

「あぁぁっ……！」

わななきながら、麻矢は畳に爪を立てた。

「気持ちいいでしょう。ここはやはりものを入れる場所ではありませんね。出して感じる場

所です」

にゅる、と、さらにまた玉が引きずり出された。

「うあぁっ、はぁ……！」

荒らいだ息を吐き、麻矢の全神経はもはや、肛門の感覚にのみ奪われていた。

たったひとつずつ出されているだけで、大いなるものが流れ出す快感に襲われる。吐き出しながら、昂りが欲情に火を注いでくる。

「そうら、もっと自分をお責めなさい。いままでにない快楽をつかむのです」

ぶちゅっ、ぐちゅちゅぅうっ——

麻矢はひたすらヴァイブで自身を打ち抜いた。

玉がすぼまりを押し拡げる淫感、肛門の粘膜をぬめる塊が流れ出す衝撃、それらが、ヴァイブを打ちつけている膣に伝播する快美——

感じる、感じる、イキたい、イキたい——もうそのことしか考えられない。全身が劣情の塊になっている。

「あぁっ、お願い、お願い……っ！」

畳の上で突き上げた尻を、吉良に向かってくねりあげた。

「おほほ、なにがお願いなんですか」

肛門から繋がる真珠玉を持ちあげ、吉良は余裕の籠もった嗤い声を出す。その手がくいくいっと肛門の内側を刺激して、真珠玉の連を軽く引っ張る。

「はぁぅンッ！」

あさましいほどの悲鳴が茶室に響いた。激しく自身を貫きながら、麻矢は叫んだ。

「お願いっ、ぜんぶ、ぜんぶ出して！」

汗が額や頬をしたたり、畳を濡らしている。乱れた結髪が、顔や首筋にへばりついている。いまの麻矢は、己の美への執着を捨てていた。吉良の眼前に、あさましい陰部が曝けだされている。自身の手によって太いヴァイブが、じゅぽっ、じゅぽっと濡れ音を響かせて出入りしている。内腿をしたたる液体が汗なのか蜜液なのか、もうわからない。恥ずかしいこの身を、辿り着くところまで辿り着かせたい。

「連れていって！　私を、最後まで行かせて！」

「それならもっと淫らに、自分を責めるのです」

くいっと、ようやく真珠玉を引っ張られた。

「あぁぁあっ！」

出そうで出ない玉の感触と肛門への圧迫が、泣き叫びたくなるほどのもどかしさと、そして快感を寄こす。

腕を動かし続けた。欲しい場所を、人工棒の先端でひたすら貫いた。

「あぁぁ……イクの……イキたいの……あぁぁぁぁ……！」

絶頂の高波が気配を寄こす。

その波をつかむように、畳に立てた爪がギリギリと目を引っ掻く。

「イク……イク……！」

「そうら、おイキなさい」

直後、吉良が真珠玉を、一気に引き抜いた。

じゅぼぼぼぼっ――！

溜まりに溜まった快感が、怒濤のように迸り、流れきった。

「あぁぁぁぁっ！」

喉を引き裂くほどの悲鳴を放ち、麻矢の肉体が大きく仰け反った。

狂おしい奔流が意識を覆い尽くし、後はただ暗闇の底へ、心地よく墜ちていくだけだった。

「起きなさい。まだ終わっていない」

ぐったりと畳に突っ伏した麻矢に、吉良のしわがれた声がかかった。

「も、う……」

起きあがろうとしても、腕に力が入らない。うつろに開けた目の端で、炉に載せられた釜がうっすらと湯気を立てている。

「甘えるんじゃない」

穏やかだが、にわかに苛立ちを込めた声だった。

ハッとして、背後の吉良を見た。

能面の翁のような顔が、控えめな茶室の照明に妖怪じみた陰影を浮かべている。

「おまえの役割は私を満足させることだ。そのためにここへ来たことを忘れたか」

「……忘れていないわ。私はあなたに、お願いを聞いていただかなくてはならないんだもの」

よろめきながら身を起こした。

「よろしい」

すかさず筋張った手が、麻矢の衿元から零れた乳房を握りしめた。

枯れ枝のような指の、思いがけないその強さに、「ん……」と苦痛の声が漏れ出た。

「私はまだ果ててはいません。むろんもう八十二の身です。常人よりは健康だが、射精は年に数えるほどしかありません」

「はい……」

八十二歳の吉良が、年に数回にしろ射精しているということに、少なからず驚きを覚える。

「あなたが私を射精まで導くことができるかどうか。その結果如何で、お願いを聞くか決めましょう」

短く息を吸い込んで、麻矢は目の前の男を見た。

これ以上、なにがあるというのか。愛した男にも許したことのない後ろの孔を、散々好きになぶらせたというのに。

「不安そうな顔ですね」

「……いえ」

「あなたも愉しんでいるはずだ。恐怖と羞恥に苛まれながら、かつて経験したことのない絶頂を味わったでしょう」

眼球の見えないほど細い眼が、三日月形に歪んだ。

麻矢は唇を嚙んだ。悔しいが、そのとおりだった。吉良の責めによって与えられた壮絶な絶頂の余韻が、いまだ体内で埋み火を燃やしている。

吉良が十徳を脱ぎ、小袖の前見頃を開いた。中に手を挿し込み、シュルッ、シュルッと褌(ふんどし)を外した。

着物と手に隠され、陰茎は見えなかった。勃っている気配はない。

それから吉良は畳に横たわり、うつ伏せになった。

ちょっと呆気に取られた。肉が削げ、干からびた蜜柑の皮のような尻が目の前に晒されていた。太腿と脹脛は皺々とたるみきり、細く青い血管が浮きあがっている。

「私のお尻を舐めなさい」

「……え」

即座に困惑が湧いた。すかさず打ち消した。

吉良は堂々と尻を突き出している。

麻矢は深呼吸して答えた。

「わかりました」

吉良の背後ににじり寄った。老人の尻に、怖る怖る手を伸ばした。

軒先に吊るし過ぎた干し柿にも似た、張りを失った尻だった。だがここは顔や手と違い、紫外線に当たることはほとんどない部位でもある。その分、色が白くシミもなく、吉良の体の中でいちばん若い部分だと思った。

――いいえ、どんな尻だろうと関係ないわ。私はやるしかないんだもの。

薄い尻肉を、そっと手で左右に広げた。はざまに沈着した茶褐色の、もっとも色の濃い中心部に、唇を近づけた。

息を止め、舌を伸ばす。なるべく味を感じないように唾液をたっぷり含ませた先端が、皺の襞を触知した。

「う……」

途端に吉良が呻きを漏らし、皺襞がきゅっと引き締まった。

味蕾にわずかな刺激を感じていた。苦みが舌肉を通して鼻腔に伝わり、粘膜に沁み込んでくる。

鼓動が速いせいか、息がすぐに苦しくなる。大きく息を吐き、匂いを嗅がないよう、慎重に吸い込んだ。

「もっと舌を動かしなさい。小さくくすぐるように」

吉良が言い終わらないうちに、麻矢は皺襞に突き立てた舌を上下させた。指示はもう受けたくない。

襞の一枚一枚をほぐすように、すぼまりの周囲を丸くなぞる。舌の上で細かくよじれた皮膚が、ドミノ倒しのように寝ては起きあがる。

「お、う……」

しわがれた声が、切れ切れに発される。尻肉がきゅっとえくぼをつくって震えている。

「舌を中に――」

ぜんぶを言わせないで、麻矢は尖らせた先端をすぼまりに押し当てた。きつく締まった菊の花のような孔を、ゆっくりとこじ開けた。

「おぅ、ほぅ……」

三ミリほど入っただけで、苦みの源が味覚に突き刺さった。

すぼまりは徐々に硬直を解き、舌先を受け入れるように柔らかくなっていく。

さらに舌を挿し入れた。先端に力を集中させ、小さくくねらせてみる。

「おうぅ、むむ……」

「ん……んん……」

麻矢の喉も低い呻きを漏らしていた。息を止めることは忘れていた。舌の強烈な感覚が、嗅覚をはるかに凌駕していた。

だが芸能界の黒幕として暗躍してきた老人の、狡猾さを剝ぎ取った率直な反応が、少しずつ麻矢を奮い立たせていた。

どんなに頭脳明晰で社交に長けている男にも、女の前でしか見せない秘密の顔がある。特別な女か、見下している女にしか見せない油断した顔が。そしてそれを引き出し、相手に君臨する人間がいる。

「おぉ、ほう……気位の高いあなたに尻を舐めさせせるのは、えもいわれぬ心地ですよ……」

結いあげた髪はすでにほどけ、櫛を挿した部分だけを残して乱れ落ちている。吉良の尻に舌を埋めながら、麻矢の呼吸が徐々に荒らぎ、頬にしだれた髪を揺らしている。肛門の味に染まった呼気が、髪や肌に匂いを沁みつかせていく。

うつ伏せている吉良が、ゆっくりと腰を浮かせた。

右手が取られた。内腿の間から腕を引かれ、陰茎を握らされた。

「ん……」

まだ萎れている男の肉を、麻矢は掌で揉みはじめた。

柔らかく、皮膚も皺ばんでいるものの、丸い胴肉はわずかな弾力を孕んでいる。人差し指の付け根からはみ出した亀頭は、通常の状態でもくびれ付近まで皮が剝けている。

見事な剝け具合に、人工的なものも感じた。金と権力はあり余るものを持ち、だが容姿に恵まれているとは言えないこの男だ。ある時期に自身の性器を変貌させたのなら、その心境は物心ついた頃から人一倍、己の美に固執してきた麻矢にもわかる気がする。

「むむむっ…もっと舌を深く、挿れなさい……」

言われるままに、舌を動かした。

舌肉の付け根は疲労して、痛みを覚えだしている。だが肉の薄い腰を突き上げて自分の舌づかいに集中している吉良に、麻矢は心の中でにやりとした。

いくら時代の暗部を舐めてきた男だろうと、裸の男と女として対峙したとき、私が負けるわけがない——権力も巧緻さも超える絶対的な力が、美しい女にはあるのだ——

すぼまりが舌先を締めつけている。それでも強引に突き沈めていく。最初にピリッと感じた味は、もう顔中に沁み込んで、匂いとともに同化している。

埋めた舌先で、腹側を顔ごと突いてみた。一センチほども挿れていないのに、

「おぉうぅっ」

吉良は尖った肩をVの字にすくめ、全身を仰け反らせる。

「あ、あぉ、お……」

低い声が麻矢の喉から漏れた。涎も舌を伝って垂れ落ちている。

舌先と手を動かしているだけなのに、男の性感と向き合い、高めようとする行為が、これほど身も心も疲弊させるものとは。

だが舌をくねらせ、五本の指で陰茎をしごき続ける。感じさせたい。もっと理性を解き放った声をあげさせたい。世間に向けている仮面を破って、私だけの前で悶えよがる姿を見たい。

「そこを、もっと圧して。下のほうだ。もっと強く」

切迫した声に、麻矢は舌先をさらに尖らせた。ゆるんだ皺襞を押し拡げ、吉良が反応した

箇所を狙って舐めあげる。

「あぁ、はぁ、はぁ」

いま麻矢が行っているのは復讐だった。一度は征服されたこの身で、相手を侵略しようと責めている。

掌で、肉胴が脈を打った。尻を責める舌に集中し、そしてこの手に馴染むほど長く握っているから気づかなかったが、吉良の男根は最初に触れたときよりも胴まわりを膨張させ、むくりと起きあがっていた。

肉膚を上下する手を速めた。掌に密着している皮ごと、ふくらんだ芯をしごき続けた。

「おぅ……気持ちいいですよ……あなたの唾液が、蟻の門渡りを垂れ落ちている……その感触まで、はっきりと感じる……」

「あぁぁ、はぁ……」

一心不乱だった。自分にとって初めての行為に、いまや麻矢は、屈辱を打ち砕くほどの昂揚を覚えていた。

やおら吉良が身を起こした。大きく肩で呼吸し、麻矢の腕をつかむ。

「あっ……」

薙ぎ倒されるように、畳に手をついた。

背後から、吉良がのしかかってきた。

「さすがあなたは、何事にもセンスがある。男を悦ばせる才にも長けている。だが私は」

尻のあわいに手が挿し込まれた。尖った指先が秘裂の中心をなぞってくる。

「ほうぅ、ぬるぬるしている。私に奉仕しながら、ここをこんなに濡らしていたとは。あなたはなかなか見どころがある」

「なに……なんのこと――」

言い返せないうちに、秘裂に硬いものを押しつけられた。

「ぁう っ……」

畳に爪を立て、麻矢はくっと息を止めた。

挿れられるのだ――私はこの男を、勃たせることができたのだ――

勝利感と期待に、肌がざわめいた。

挿れて――早く――もうこれ以上、焦らさないで――

だが、亀頭はぬるりとすべり、女の孔から逸れていく。

直後、いままで麻矢が舐めていたのと同じすぼまりを、太い先端が圧迫した。

「いやっ、そこは……！」

吉良のしようとしていることを悟り、畳の上を這い逃げた。

だが腰をつかむ手が、その身を強く引き寄せる。

「せっかくです、あなたのおぼこい孔を犯してみたい」

「いやっ！　そこはやめてっ！　だめぇっ！」

叫んだが、吉良はぐうっと、腰を押しつけてくる。

丸い肉の塊が、襞をこじ開けてめり込んできた。

「いやぁあっ！」

髪を振り乱し、絶叫した。いまのいままで責める側であるはずだった麻矢が、いまは許してほしいと必死に哀願していた。

突き当てられた露頭が、強引に肉を割っている。

「あぁあっ！」

熱い戦慄が、四肢を駆け抜けた。

「苦しいでしょう、悲鳴をあげ、泣き喚いてもいいですよ。だが、苦しいだけではないはずだ」

拡げられた恥孔に、野太い輪郭が沈み込んでくる。

「はぁあぁあッ！」

ごりごり、ごり——野太い肉の棒が、肉を裂く勢いで入ってきた。勃起した男根が輪郭も凹凸も露わに、粘膜を押し割り、擦りあげてくる。

「あぁぁ、いや……！」

畳に頬を打ちつけたまま、麻矢は手を背後に振りあげた。肉体の反射的な抵抗だった。

すぐさまその手首がつかまれた。もう一方の手も同様に捕えられる。顔と膝で自身の体重を支えた状態で、両手首がきつくねじりあげられた。

「いやぁぁっ！」

「いい声で泣きますねぇ。ますます私のここが大きくなってしまいますよ」

重ねあわせた手を手綱のようにつかみ、吉良は腰を揺すりはじめる。すぼまりを擦りながら、男根が出し入れされだした。直腸と子宮と、腹の中にある内臓すべてを、欲望の肉塊がぐちゃぐちゃに揺さぶってくる。

「うあぁ、くるし……」

「苦しければ苦しい声を放ちなさい。『いや、やめて』と叫びなさい」

腰を突き動かしながら、吉良が昂ぶった声をあげる。

「う……うぅ……！」

命じられると抵抗の言葉を吐けない自分を、この男は見透かしている。

「そうら」

抽送の勢いが速まった。肉を擦られる苛烈な痛みと、内臓が圧される、ひしゃげるような痛苦と――

「あ、あ……」

なのに、どうして――

麻矢は震える息を吸い込んだ。仮借なく擦過される感覚が、貫かれるごとになめらかになっていく。

「お尻も感じると粘液を出すと知っていますか。あなたの理性より、肉体のほうが状況処理に優れている」

勃起を根元まで埋めて、吉良はぐいぐいと激震を寄こしてくる。

「い、や、ちが……」

否定する声は、だがうわ言めいていた。焼けるような痛みの中に湧きあがるべつの感覚を、麻矢の肉体は捉えていた。

「あなたはどうしようもない女なんですよ。すべてのものを享受し、貪り喰う女なんですよ」

押し寄こされる圧迫が、ずっしりと鋭さと重みを増してくる。

「感じるなら感じると言いなさい。自分のどこが、どのようにイイのか」

「……あ、あぅぅ……」

「もっと極限までいかないと、剝き出しになれませんか」

じゅぷっ、にゅぷぷ――

異形の快楽が、弾丸のように打ち込まれた。

「あうぅぅっ！」

肺が嗚咽を振り絞った。

「か……かん、じ……」

「そうでしょう。私もです。果てます、このまま、果てますよ」

ぐりぐりと、肉体の芯を押し潰すように肉棒が打ち抜かれる。内臓も脳味噌もひしゃげるような悦喜の中で、麻矢は「ひぃぃぃっ」と喉を鳴らした。

もう言葉も発せなかった。ただ鮮烈な火の玉が、肉体の中心で渦を巻いていた。肛門を突き破り、粘膜を圧し割って、剛直はごりごりと、直腸にまでおぞましい喜悦を注ぎ込んでくる。

余裕のない粘膜が、女というものを超えて、生物としての断末魔の叫びをあげていた。

じゅぶぶぶっ、ぐじゅぶぶぶぶ――っ！

「死んじゃ……う……ああ、死ん、じゃ……！」

「ええ、死になさい。あなたは一度、破壊されたほうがちょうどいい」

吉良の声は笑っていた。鉄の杭が容赦なく肛門を引き裂き、生身の肉を擦りあげた。

「ひぃっ、ぎゃ……あ、あぁぁっ……！」

激烈な痛みが体の芯を衝き走り、意識を掻き混ぜる。だが内部の喜悦はどうしようもない昂りとともにさらなる衝撃を求めている。

虚脱状態でありながら、麻矢は感覚の刺となっていた。手折られた百合ではない。自ら灼熱の炎に花弁を手向け、焼け爛れる悦びを求めていた。

「あぁぁぁ、いきますよ、出る、出る……おぉおうっ！」

「あああああぁっ……！」

全身が燃えあがり、爆ぜ散る意識の底で、麻矢の肉体は取り憑かれたように、絶頂の咆哮を放っていた。

2

門を出ると、数時間前に麻矢を送ってきたリムジンが、ふたたびドアを開けて待っていた。

ふらつく足で乗り込んだ。直後、ハッと前を見上げた。

「ずいぶん疲れているな。吉良さんに相当可愛がられたか」

向かいのシートで、夫の加納和馬がウイスキーグラスを傾けていた。

ドルチェ&ガッバーナのブラックスーツ。形よく組まれた脚。ストレートチップの黒革靴。

「……いい気分でしょう。惨めな私を見られて」

吉良との異様な情事の後、かろうじて着物は整えたが、結髪も化粧も乱れを残していた。

頬に貼りついている髪を払い、麻矢は夫のグラスを奪い取った。濃い液体を一気に呷った。

「あなたの思いどおりにはさせないわ。吉良はあの記事を揉み消すと約束した。私はそれだけのことをしてきたわ」

「おまえならそうするとわかっていた。どうだった、初めての孔を存分に責められただろう」

「下衆(げす)!」

グラスの氷を放りつけた。

「ええ、良かったわよ、あなたより何倍もね！　あんなに自分を見失ったことはないわ！」

「それは良かった」

「馬鹿にしてるの！」

グラスも投げつけた。和馬はひょいと避け、グラスはシートの背もたれに当たって転がった。

和馬は落ち着いた所作で、氷のかかった肩を払う。

「馬鹿にはしていない。おまえは俺とのセックスでもいつも演技していただろう。顔の角度を考えたり、喘ぎ声をつくったり。俺はそんなおまえが、いつも痛々しかった」

「あなたがその程度の男だからよ。いまの彼女とはどうなの。今夜の私ほど感じさせてるかしら」

「おまえを超える女はいない」

投げるものがなくなって、拳をぶちつけた。

殴られるまま、和馬は顔を横に俯かせる。

「俺は、馬鹿になるおまえを見たかった。でもできなかった。おまえが吉良の茶室にいる間中、ここで無力感に陥ってたよ」

「嘘よ！　私の屈辱を想像してほくそ笑んでいたくせに！」

「麻矢、もう少し馬鹿になれる余裕を持て。その余白に人は惹きつけられる。自分の愚かさを受け入れろ」

「なんですって」

問いつめようとした。だが和馬はするりと立ちあがり、リムジンのドアを開ける。

「ちょっと、待ちなさいよ！」

「俺とおまえの映画が公開される頃、離婚届を送る。決裂した元夫婦の作品として、どちらにとってもいい話題づくりになるだろう」

「離婚——ですって」

和馬が出ていった。バタンと、ドアが閉じられた。

「待って!」

叫んだ麻矢を乗せて、リムジンが走り出した。

窓に手をついた。

嘘よ、嘘……そりゃぁ長年、仮面夫婦だったけれど、それでも十四年間も、その関係を続けてきたんじゃないの……

窓を叩いた。和馬に抗議し、怒鳴り、もう一度その頰を、握り潰すほどつかんでやりたかった。

だが自分の吐息で曇るばかりのガラスの向こうで、街路樹の下に立つ彼の姿は、すぐに夜闇に掻き消されていった。

第七章　あなたのアイドル

1

バスローブを羽織り、腰紐を結ぼうとして、桜はその手を止めた。

控え室の鏡を見、前身頃を静かに開く。バスローブを落とし、一糸まとわぬ自分の裸体と向き合った。

初めての濡れ場の撮影が、今日、これから行われるのだった。緊張がないといえば嘘になる。ともすれば、いますぐここから逃げ出したい衝動に駆られそうになる。

でも、と、鏡に映る自身の肉体をしっかりと見つめた。

心を決めて引き受けた仕事だ。自分を信じて勝負しよう。

鏡台のケータイを取り、メールの続きを打った。

『これから撮影です。頑張ってきます』

送信して、ケータイを胸に当てる。励ましの言葉が欲しいわけではない。佐竹には濡れ場の撮影があることも伝えていない。ただ、『頑張る』と彼に向けて書くだけで、覚悟が強まり、勇気の湧く思いがした。

「桜さん、ご準備よろしいでしょうか」

マネージャーがドアをノックした。桜は「はい」と応え、もう一度鏡に向かい、大きく深呼吸した。


「よろしくお願いします」

スタッフに挨拶し、セットのバスルームに入ると、大高がカメラ位置をチェックしているところだった。

「緊張してるかな、桜ちゃん」

「いいえ、大高さんとご一緒ですもの」

にっこりと挨拶して、桜もスタッフから立ち位置の指示を受ける。

そこへ、「私も見てていいかな」と、こずえがスタジオに入ってきた。

台本では桜と大高がシャワーを浴びながら絡み合い、そこへこずえが飛び込んでくる流れだ。まだ出番ではないし、濡れ場の撮影はスタッフもできるだけ少人数でと気を遣ってくれているが、思いつめたようなその表情に、桜は「ええ」と頷いた。

週刊誌にこずえのスキャンダルが載りかけた一件は、麻矢が見事に揉み消してくれた。だがひとつ間違えば周囲に迷惑をかけ、自分の子供たちも傷つける真似をしたことに、こずえはあれからずっと落ち込んでいる。だから桜の覚悟を知った上で、今日の撮影に立ち会い、自身に活を入れようとの気持ちが、痛いほど伝わってくるのだった。

「先週の麻矢との撮影はどうでしたか」

カメラの前、メイクを直してもらいながら、大高に訊いた。

「圧巻だったよ。怖れるものはないという感じで、体当たりの濡れ場だった」

「そうでしょうね、麻矢なら——」

桜は目を閉じた。思い定めた強さと美を放ったに違いない、彼女の姿が浮かんでくる。だから自分も負けられない。最高の濡れ場を撮ってみせる。

「それではお願いします」

監督の合図に、桜と大高はバスローブを脱いだ。

セットのバスルームに入る。シャワーの飛沫が肌にかかった。大高が向かいに立ち、浅黒い肉体をゆっくりと、桜の肉体に重ねてくる。

「本番スタート！」

監督のかけ声とともに、大高が桜をバスルームの壁に押しつけた。

「んっ……」

想像以上の衝撃に、演技ではない声が漏れた。

シャワーが頭から降り注ぐ中、大高が険しい顔で見下ろしてくる。

桜も彼を想う女として、その眼を見つめた。

胸が鷲づかみにされた。ごつごつとした大きな手が、ふくらみをきつく揉みしだいてくる。

指先を乳肌に喰い込ませるようなその力は、五か月ほど前、誰にも秘密の関係を結んだとき以上の強さだった。

――大高さん……すごい……

桜もシャワーを顔中にしたたらせ、齧りつくようにキスをした。荒い息を吐き、大高も舌を深くめり込ませてくる。映画撮影のための演技ではあるが、あの夜を経てこそ重なる、ふたりだけの昂ぶりがあった。

「はぁっ、あぁっ……」

大高が掌で乳首を練り込み、柔肉をねじりあげてくる。じゅくんと快感が衝きあがった。

カメラの前なのに、本気で感じるのは恥ずかしい。大高の掌には、乳首が硬く尖りだすのがきっと伝わっている。

でも、復帰したばかりの元アイドルの自分に、演技力が足りないのはわかっている。だからこそ心を籠めて、本気でぶつかっていくしかない。

舌を絡め、胸を揉まれながら、下腹部を互いに擦りつけ合った。ヘアは映せないため、なおさら秘部は常に、大高の肉体に密着している。

——あ……

一瞬、肌がこわばりそうになった。

下腹部に触れる大高の分身が、硬直の兆しを見せてきたのだ。

大高は睨むような形相で、桜を見つめている。

——かまうものか。本気で演技してなにが悪い。

再起に賭ける俳優の気迫が、その眼に勇ましく宿っていた。

——ええ、私も思う存分、乱れます。

片脚を、大高の脹脛に絡ませた。

降り注ぐシャワーの下、昂奮した陰部と陰部を擦り合わせ、肩や胸をまさぐり合った。

腰がピクッ、ピクッと震えている。力の抜けてしまいそうな足が、濡れたタイルに滑った瞬間、大高が腰を抱きかかえ、なお烈々と漲りたつ分身を押しつけてきた。

「あぁっ、あ……」

筋肉の浮いた背中に、きつく爪を立てた。

荒い息が交錯している。欲情が生々しく全身を染めている。

理性を失ってはいけない。だが裏腹に、夢中になっていく自分が誇らしくもある。

うねる腰の動きが大きくなり、剛直の先端が、淫核を圧迫した刹那、

「欲しい……あなたが、欲しい……！」

台本の言葉が、切迫した響きを籠めて、桜の喉から放たれていた。

衝き上がった剛直を押し当てられた。ぐいぐいとクリトリスを擦りたて、次に角度を変えて、太腿の付け根に挿し込まれてくる。腰を前後させながら、大高は乳房をねじりあげ、乳首に吸いついてくる。

「あぁっ——！」

感じてる、こんなに……あなたといま、夢中になっているの——！

「ンンッ、ふムッ……！」

大高が舌をくねらせた。

ゾクゾクと戦慄が這いあがる。大高にすがりつき、泣き声をあげた。

「ぁんんっ……！」

カメラが斜め前で桜をアップに撮っている。彼の腰に回した脚をもフレーム内に捉えようとしている。

——撮って……私たちの本気を、撮って……！

桜はさらに脚を上げ、大高の腰を締めつけた。そうすると自分たちの陰部も、モニターではなく生の演技を見るスタッフたちには丸見えになる。

大高もそのことはわかっている。わかっていて、ここにいるのは桜と自分のふたりだけだというように、剛直をなすりつけ、重ねた唇の奥、舌の付け根まで貪ってくる。

「あぁぁっ、あぁっ……！」

——大高さん……恥ずかしいけど、私、私……

舌を絡めながら、狂おしく彼を見つめた。

シャワーの雫を睫毛の先からしたたらせ、大高が眼で頷いた。

イッちゃう、このまま、私、イッちゃう……！

「ぅおおおおおっ！」

大高が、あの夜と同じ雄叫びをあげ、腰の速度を高めた。

開いた脚のはざまで、クリトリスごと秘裂が擦りあげられた。

「あぁっ、あぁぁぁぁっ！」

大高の背中に爪を喰い込ませ、桜はカメラの前で全身を仰け反らせた。

「おぉぉぉっ、僕、イク、イクよ……！」

カメラは右斜め前にいる。

桜はそちらの方向に顔を傾け、自分のすべてを投げ出した。

「私も、イク……！　イクゥゥゥッ……！」


控え室に戻り、バスローブ姿のまま、ソファにくずおれた。

メイクを落とすことも着替えることも、しばらくできそうになかった。

肉体中に疼きが籠もっている。ソファに埋もれた秘部が、じんじんと熱を溜めて、もっと熱いものを欲している。

『僕の中にあった激しさが、今日、きみに引きずり出された。ありがとう』

撮影を終えて、シャワーに濡れた髪を拭きながら、大高は桜に握手を求めてきた。そして監督に、『撮影中に僕が本気で勃起したってこと、宣伝のネタにしてもいいですよ』と、少し気恥ずかしそうにおどけていた。

こずえも、『桜があそこまでやるとは思わなかった。私も自分の仕事に集中する』と、久しぶりに仔猫の瞳をキラキラ輝かせてくれた。

自分を解き放って、やるべきことをやり尽くした。気持ちはすっきりしている。

なのに――

体の奥には、新たに溜まりだしているものがある。

バスローブの裾に手を挿し込み、そっと秘所に触れた。ぬめりがまだ残っている。いや、溢れるものがいまも止まらない。

耐えきれず、秘唇のあわいを指でなぞった。それだけでゾクッと、甘い戦慄が膚に走った。

もっと深く挿し込まれたい。肉体の奥を、むちゃくちゃに掻き混ぜられたい。

──どうしたっていうの……こんなにいやらしい女だったの、私……

ふいに、鏡台でケータイが振動した。

駆け寄り、手に取った。撮影前に送ったメールに、佐竹が寄こしてくれた返信だった。

『いま頃、頑張っているんでしょうね。桜さんが真剣に仕事に打ち込む姿に、僕も毎日、励まされています。忙しいだろうけど、休めるときはゆっくり休んでください』

すぐに返信のページを開いた。だがそこで一瞬、躊躇した。

思い切って佐竹に直接、電話をかけた。

三コールの後、『もしもし』と、少し戸惑うような声がした。

「すみません。いきなりお電話して……」

『いや、驚いたけど……嬉しいよ。仕事は終わったのかな。お疲れさま』

声を聞くのは、店を辞めて以来の半年ぶりだ。少し低めの懐かしい声に、胸を優しくあたためられる気がする。

「佐竹さん、私、今日、頑張ったんです。初めてのことをしたんですけど、頑張ったんです」

鏡に映る自分を見つつ、言った。その声が、だんだん震えてしまいそうになる。

『ああ、やりきった感じが伝わってくる。でもどうしたの？　もしかして泣いている？』

「今日、会ってください」

決意を籠めて、告げた。

「会いたいんです、どうしても」

2

ドアが開けられた。柔らかなオレンジ色の灯りを背後に、佐竹は最初、心配そうな顔つきだった。だが桜が笑みを浮かべて会釈すると、彼も目尻を和らげた。

「狭いところだけど」と、佐竹は木製の衝立で仕切られたキッチンへ戻っていく。毛玉のついた紺色のカーディガン。裾を折った生成りのチノパン。

「お邪魔します」

三和土（たたき）に入ると、型くずれしたビニールのサンダルが、片方だけ外を向いて転がっていた。

自分のパンプスと、並べて揃えていいだろうか。

ここへ来るまでは、顔を会わせたときの第一声や表情など、桜なりにいろいろとシミュレーションしていたのだが、

「ほうとう煮込んでるんだ。葱、平気？」

レジ袋を音させながら訊かれて、「はい」と、自然に明るい声が出てしまう。

部屋は七畳ほどのキッチン兼リビングと、その向こうに、引き戸を開け放した畳の部屋があった。リビングの真ん中には炬燵（こたつ）があり、卓上コンロが設置されている。

キッチンのガス台では、土鍋が湯気をたてており、佐竹は包丁を片手に葱を洗い、まな板に載せている。

桜は彼の手元を覗き込んでみようか、炬燵に入ろうか迷って、結局、炬燵に入った。

「急に、すみません」

キッチンに屈む丸い背中に謝ったが、「うぅん」と、葱を切りながらの間延びした返事に、無粋なことを言った気がした。

先刻までの緊張と、やはりいきなり来て迷惑に違いないとの気後れが、彼の顔を見た途端、不思議なくらいに飛んでいた。でもそれは半分ほどで、こうして味噌の香りの漂う部屋に座ると、また薄れてはいくものの、最後のひと欠片（かけら）が、テレビボードの端、桜のすぐ脇にある、

三十センチ四方くらいの仏壇に残されていた。

佐竹が、卓上コンロに鍋を載せた。仏壇の写真を見つめる桜に気づいたのか、

「あ、山椒がない」

すぐにまた立ちあがっていく。

「ゆず胡椒は買ったままなのがあった気がする」

「お気遣いは無用ですよ。私も身近な人の仏壇がある生活には慣れています」

桜が夫を亡くしていることを取材記事などで知っているらしい佐竹は、「うん」とだけ頷いて、棚から瓶を取り出し、「あ、ゆず胡椒、一回開けてた。ああ、中ですごい固まってる」と、困ったように振っている。

「奥様も、登山をなさっていたんですね」

手土産のチーズケーキを、仏壇に供え、手を合わせた。写真の女性は、耳の垂れた日除け帽を被り、ストックを持った手でピースサインをしている。

「うん。先週、谷川岳に登ったんだけど、そこも彼女と登ったことがあって」

言いながら、佐竹は鍋の向きを調節する。その顔は最後に夏に会ったときよりも雪焼けし、どことなく精悍になったように思う。

隣の和室は寝室のようで、角だけ見えるベッドのほか、奥のハンガーラックには登山用ら

しい鮮やかなブルーのレインコート、その下に、泥染みのついたトレッキングシューズが揃えられている。

機敏に気遣ってみせた彼の態度といい、初めて眼にするものばかりで、桜はやはり場違いな者が押しかけてしまったような、尻が浮きそうな心地になる。

とんすいと箸が並べられた。佐竹が斜向かいに座った。

「今回は西黒尾根ってところから登ってみたんだ。天候に恵まれて、向かうときは電車の中から春の花が咲いてるのが見えたよ。でも山は雪が残ってる、なんてもんじゃなくて、完全な銀世界。視界が開けた場所だと、踏む雪の音がざくざくと空に木霊（こだま）するんだ」

「写真を送ってくださいましたね」

「僕の写真では伝えきれないなぁ。山に登るといつも感じるけど、異世界に入り込んだ気分」

佐竹はこれも桜の知っている彼では言いそうにない、『異世界』という空想的な言葉を紡ぐ。ビールで乾杯した。しつこく隣の写真の女性が気になりながら、桜はほうとうをよそった。

ひと口食べて、頬がじんと痺れた。

「美味しい……」

素直な感想だった。味噌出汁の沁み込んだ柔らかな麺に、煮くずれたカボチャが絡みつき、舌の上で甘く溶けていく。

「すごい、いつの間にか呑み込んでる。こずえなら『ズルイよズルイよぉ』って騒ぎそう」

これを機会に、明るく言葉を続けた。

「なんで」

「嚙まなくても溶けてしまうなんて、食べ物として卑怯なんだそうです」

「あの人って、ふだんからそんな怒りんぼキャラなんだ」

「麻矢だったら指でも味わいたいって、わざと下品に手でつまみます。そして上目遣いで、相手をじっと見つめて、舌の上に垂らしていくんです。お蕎麦でやってみせてもらったことがあるけど、こずえがやっぱり『伸びないうちにさっさと食え』って怒ってました」

「桜ちゃんは、よく喋るようになったね」

初めて「ちゃん」づけで呼ばれて、心臓が甘く疼いた。

「あの、いえ、すみません、もたもたして……」

また食べはじめると、すぐにとんすいが空になった。すると佐竹が桜のお代わりをよそってくれた。お玉で掬われた麺が、濃厚な汁を垂らして皿に鎮座していく。

「無理も遠慮もしないで食べて。脚も正座じゃなくていいから」

と、缶ビールも傾けてくる。泡を立てて注ぎ足される琥珀色の液体を見つめながら、桜は遠慮がちに膝を崩した。

ふいに、伸ばした足先が、佐竹の脚に触れた。

すぐに引きかけ、だが、止めた。あぐらをかいた彼の向こう脛と、自分の爪先とを、息を殺す思いで触れさせた。

「僕もお代わりしよう」

彼も気づいている。なのにまた相手のために取り繕い、ぎこちない手つきでお玉をしゃくっている。

麺を嚙みしめ、呑み込んで、桜は言った。

「私も今日、別世界に行ってきたんです」

佐竹が、手を止めて桜を見る。

「私なりに、頂上に登ってきました。でも頂上って、留まっていられないんですよね。いつか下りなきゃいけない。でも下りきれなくって、佐竹さんに電話したんです」

二拍ほどおいて、佐竹がずずっと音をたてて麺をすすった。桜は俯き、ビールを含んだ。

「たまにさ」

「はい」

「山の峠に、お地蔵さんが置かれてるの、見たことある？」

唐突な質問に、「え、はい」と彼を見た。

「置かれているんだよね、お地蔵さん。あれは、その土地や旅人を見守る道祖神的な役割を持つと同時に、結界を築いてもいるんだ」

「結界？」

「この世とあの世の境。古くから日本では、峠のこちら側が現世で、向こう側は来世とされてきたんだ。山道の頂上である峠が、そのふたつを分ける場所だと」

桜の意識が、また隣にある写真に引き寄せられた。

「仏教でも神道でもいいんだけど、山の頂上にもよく鳥居があって祠（ほこら）が建っている。僕はちょっと前まで、それを見るのが嫌だったなぁ。せっかく山を登ってこの世ではない世界に入ってきたのに、また下りて現世に戻るのかぁって。下りてアスファルトなんか見ると、もう体から力が抜けてしまって。その虚しい感じが嫌で嫌で、だからしばらく登らなくなっていた」

言いながら、佐竹はまた麺に箸をくぐらせる。

「でも転職を機にまた登りはじめて。いまは、頂上に着いたら、写真を撮ろうと思う。この景色を見てもらいたいなと思う人がいるから。いつも勝手に送ってるだけなんだけど、そうしたら、下山するのも悪くないなぁって。下りてアスファルトが眼に入っても、よし、またやることがあるなぁと思うんだ」

「私も、さっき佐竹さんの顔を見て、ああ、帰ってきたなぁと、ホッとしました」

桜はぐすっと洟をすすった。

「下りてくる場所があるから、また登れもします。そうしてたぶん山のルートのように、行く過程もいろいろあって、毎回景色が違う」

足に勇気を籠めた。膝から下を、さらに彼の脚に寄せていった。ストッキングにつつまれた自分の足が、彼のあぐらの下に潜っていく。

炬燵の中で、じんわりと脚が汗ばみだしている。炬燵布団から出ている上半身も、ほうとうを食べてあたたまっている上、緊張に頬が上気している。

佐竹は箸を持ったまま動かない。不動の山みたいだ。

感情が窺いにくいその無表情に、桜は思った。自分はいままで、麻矢や、いろんな人に動かしてもらってここまできたけれど、この山は、自分から登ってみてもいいだろうか――

「これぜんぶ食べたら、寝室に行ってもいいですか」

「え、眠い？」

その返事にちょっと脱力して笑ったおかげで、足をもう少し深く入れる弾みがついた。

爪先が、彼の内腿をなぞりあげる形になった。

――あ……

太腿の付け根の、際どい場所に、足指が触れた。

自身を鼓舞して、もっと男性の中心に近づいていった。

佐竹が恥じるように、腰を引こうとする。桜は足で追いかける。

大胆なことをしている。でももう自分を抑えられない。

足の先が、太腿の付け根に辿り着いた。チノパンごしに、柔らかな感触を覚えた。ストッキングをまとった脚に、じわりとなお汗が滲みだしてくる。

上半身も、寄せていった。彼の腕をつかみ、自分の額をそっと、胸に当てた。

体勢が崩れた佐竹を引っ張るように、ふたり一緒に倒れ込んだ。

「桜ちゃ……」

脚をさらに差し入れた。スカートは乱れて太腿の半分ほどまでめくれあがっている。

膝に、佐竹の男の輪郭が触れた。

「う……」

佐竹が低い呻きを漏らす。おずおずと、でも大切なものを扱うように、桜の頭を抱きあげる。

太い腕に頬を埋めた。顔と顔が近づき、火照った息がもつれ合う。

次の瞬間、唇が重なった。熱い舌が、口腔に飛び込んできた。

「ん、ん……!」

甘い味のする舌を、桜は懸命に舐めた。

炬燵の下でも、脚が絡み合っている。太腿に密着した彼の分身が、はっきりと欲望の形を示している。

舌を絡めながら、桜は彼の手を握った。その手を自分の胸へ引き寄せた。

あのときと同じだ。でも、今度は自らブラウスのボタンを外し、はだけた胸元へ忍び込ませた。

ふたりの頬に汗が滲んでいる。

ブラジャーごしに、大きな掌がふくらみを覆う。

指がぎゅっと、乳房を鷲づかんだ。

甘すぎる感覚が、緊張を突き破って肌で弾けた。

「あ……佐竹さん……」

「桜ちゃん、僕は……」

胸にめり込んだ指が、ゆっくりと動きだした。いままでの佐竹とは思えない力強さだった。

柔肉を嚙みしめ、味わうように揉みしだいてくる。

「あっ……ぁはぁぁっ……」

肺が悲鳴を放った。肌の快感と彼への思いの切なさと、どちらもが混ざっている。彼の首筋に抱きつき、「佐竹さん、佐竹さん……」と、もう名前を呼ぶことしかできない。

背中に手が回され、ブラジャーのホックが外れた。レース生地から、ふくらみが掬いあげられた。

「あぁぁっ……」

湿った掌が、乳房を強く揉みしめる。そうしてすぐに、先端を唇で覆ってくる。

濡れた舌が、敏感な乳芯を根元から押し転がした。

「ぁはぁっ！　はぅっ、あ、あ、あ……！」

片手では佐竹の手をつかみながら、桜は彼の首筋に爪を立てた。指先を襟の下に差し込んだ。少しでもこの人の肌に触れたい。シャツの下を、掻き撫でた。

「感じる、感じる、あぁ、あぁ、ぁあああ！」

乳頭が深く練り込まれた。

佐竹は眉間に皺を寄せ、ぎゅっと眼を瞑り、一心に舌を動かしている。この人が、こんなに激しい顔を見せるなんて——

腰が激しくくねりあがった。その頂点に、佐竹も股間を押しつけてくる。硬い勃起を擦りつけながら、桜の乳首を舐めしゃぶっている。

「あぁぁぁっ……！」

総身を反り返らせ、桜はひたすら叫んだ。

「佐竹さんっ、気持ちいい、気持ちいい……あぁぁ、佐竹さん、佐竹さん……！」

密着し、揉み合う秘部に全身の感覚が流れ込んでいく。彼の名前を呼べば呼ぶほど、快感が募ってくる。切なくて愛しくて、彼に向かって、欲望を素直に曝け出せることが嬉しい。

「あぁぁあっ、さたけ、さ……！」

名前を呼んだ直後だった。ビクビクビクッと、総身が痙攣した。

はぁ、はぁ、はぁ――

腰を彼に押しつけたまま、桜は胸で喘いだ。

「すごい……」

イこうとする意識もなくイッてしまったのは初めてだ。炬燵の中で、ぴったりと重なった陰部がじんじんと痺れている。

ブラウスの残りのボタンに、指がかけられた。ひとつ、またひとつと外される。

前が完全にはだけられた。ピンク色に尖った乳首を、佐竹の指が淡く撫でてくる。

「ぁンッ」

体がまた敏感に、震えてしまう。

そんな桜を見つめる佐竹は、優しげな眼差しに、欲情を滲ませている。

疼きあがり、淫らな熱を溜めた下半身を、もう一度彼の中心部に押しつけた。

「行きましょう、ベッドに」

キッチンから漏れる明かりの中、上半身だけを脱いだ佐竹が、桜の下に俯せで寝ている。

丸い肩が少しすくんでいる。脇腹がチノパンの上で若干たるんでいるが、登山で鍛えた背筋が、正中線に沿って逞しく盛りあがっている。

彼の背中に屈み、口づけた。肩に向かって舌を這わせると、

「う……」

佐竹が小さく体を震わせた。

肩をすくめたせいで、筋肉に埋もれた肩甲骨を舌で探った。尖らせた先端で、丁寧になぞっていく。

「う、あぁ……」

「気持ちいいですか」

「ん……背中を舐めてもらうのが、こんなに感じるなんて……」

抑えながらもピクッ、ピクッと寄こしてくれる反応が、心を優しく疼かせる。

肩甲骨の下を舐めながら、彼に見えないところでブラウスを肩からおろした。スカートも

ストッキングも、ひとつずつ脱いでいく。

ショーツだけを残した姿となって、そっと彼に身を落としていった。乳房の先端を、肌に当てた。

「ン……」

「あ……」

思いがけない膚触に、ふたり同時に短く息を吸った。

乳首で彼の背中を撫でるように、上半身をゆっくりと前後させた。

ふたつの先端のかすかな摩擦が、じわじわと悦びの粒子を膚に注ぎ込んでくる。こうしている間にも、きゅんと硬く尖りきって、ますます鋭敏になってくる。

乳首と舌を這わせながら、顔を腰のほうへおろしていった。チノパンとトランクスに手をかけ、屹立が引っかからないよう、彼の股間部へ手を回すと、硬い肉膚が指先に触れた。

「熱い……」

肉根の付近を、丁寧に指に挟んだ。

佐竹が少し決まり悪そうに、肩を起こし、仰向けになった。露わになった分身が、桜の目の前で、若干左を向いて突き立った。

「あぁ……」

屹立に手を添え、顔を寄せた。

「桜ちゃ……あ……」

舌先を、先端の細溝に触れさせた。わずかに滲んでいる粘液が、ハッとするほどの苦みを寄こしてくる。

「え、あ、待って、きみがそんなこと……」

佐竹は慌てたようにベッドに肘をつく。

舌をつけたまま、桜は首を振った。それからまた亀頭を舐めあげ、先端を唇で包む。

「あ、うぅ……っ」

「んん……」

丸い頭部をぴったりと包み、ゆっくりとおろしていく。

「あぁ……」

佐竹がぎゅっと、桜の肩をつかんだ。

自身の唾液を肉膚にまぶすように、唇をおろしたりあげたりさせ、そうしながら根元まで呑み込んでいく。

「う……あぁ」

佐竹が上体を落とした。腹肉を震わせて、だんだん呼吸を速めている。

「あぁ、桜ちゃん、気持ちいい……」

――嬉しい……

硬くそそり立った分身に舌を這わせ、顔を上下させた。口の中で、肉胴が弾んで脈を打つ。先端から滲み出る粘液が、じわりと舌に沁み込んでくる。

喉の奥まで深く呑み込んだ。息苦しさはかまわなかった。口の中のすべてで、この人を味わいたい。

「あぁ……包み込まれてるみたいだ……」

佐竹が胸を上下させ、荒い息を吐いている。

根元を指で支え、いったん口から離した。

「幸せです。佐竹さんをこうして愛せるなんて」

そして今度は顔を横向きにし、唾液にまみれた肉胴を唇で挟んだ。軽く歯を立て、綿菓子に齧りつくように甘噛みする。血管の浮き出た亀頭との繋ぎ目は優しく舌先でなぞり、また裏筋に歯を当てて、撫でるように顔ごと左右にふるふると振る。

「うっ、おぅ……」

佐竹が呻きをあげるたび、悦びが体に満ちてくる。もっとこの人を包み込みたい。感じてもらいたい。

思いを籠めて、舌をくねらせ、歯をすべらせた。だんだん顎が疲れて、唇の脇から涎が零れ出る。その粘液も塗るように、頬ずりする。

ふと見れば、上下させる手の下で、陰嚢が縮れ毛を光らせて寝転んでいた。張りつめた屹立と対照的な、無防備なその皺袋がたまらなく愛しい。

指をシーツとの間に挿し込み、もったりとした皺袋を、お手玉のように掬いあげた。

「あ……」

佐竹が短く息を吸う。その顔はなにかに耐えているかのように眉根を寄せ、歯を食いしばっている。

――まだまだですよ……。

どこかイタズラっぽい気持ちが湧いて、桜はくすりとした。自分に男の人をどうにかしたいなどという感情があるなんて知らなかった。

「私、佐竹さんのことを、子供みたいに可愛がりたいんだわ」

「え……」と、わずかに眉根を開いた佐竹の股間に、顔を埋めた。

陰嚢を舐め、唇を這わせる。表面は皮膚が厚いのに、内側はどこまでも柔らかな肉の層を、ゆっくりと吸い込んだ。

「お、う……っ」

佐竹の腰が、弾むように上がった。

片手では屹立の根元を上下させながら、桜は肉の塊を口いっぱいに呑み込んでいく。

「う、おぅ……」

佐竹の喘ぎを聞きながら、もぐもぐと口を動かした。

舌肉で転がし、上顎との間で挟んで、粘膜で揉むように、その感触を愉しむ。片方だけでなく、もう片方も同じように。交互に、時間をかけて。

舌が飽きることなく、この肉体を味わいたがっている。味蕾の悦びが体中に広がって、意識がうっとりとなってしまう。

「桜ちゃん……あ……」

佐竹が桜の腕をつかみ、自分のほうへ引きあげようとする。

「ありがとう……おいで……」

まだ名残惜しいが、優しいその声に惹かれて、桜は口を離した。彼の肉体をよじ上り、顔と顔を近づけた。

唾液にぬらついた桜の頬を、佐竹が拭う。

「きみの口が壊れてしまいそうで、怖いよ」

その指も舐め、唇に含んだ。この人のどこもかしこもを、口が味わいたがっている。

佐竹が、身を起こした。腰を抱えられ、今度は桜が仰向けにされた。

ふたたび佐竹の唇が、ふくらみの突端におりてくる。

「あ……」

「ンッ……」

甘え声が鳴った。

先刻、胸を愛撫されたときとは違って、いまはふたりとも生身の肌を重ねている。恥ずかしさも剝き出しになる分、彼のぬくもりも如実に感じる。

あたたかな口腔が乳頭を吸い、今度は硬い感触が、膚に触れた。

「はうっ……！」

濡れた前歯が乳暈を摩り、乳首の付け根を齧っている。そのまま先端へと、じわじわとすべってくる。

危うげでいてなめらかな、不思議な感覚が、膚の下に染み渡ってきた。

「あぁ、う……」

声を震わせながら、桜は佐竹を見た。

痛みを与えられているわけではなく、性感を特に刺激されているわけでもないのに、佐竹が荒事めいた行為を取るだけで、とてもいやらしいことをされている気持ちがする。

舌を動かすごとに浮きあがる頬骨も、皺を刻んで寄せられた眉頭も、男っぽい迫力を滲ませて、桜を感じさせようとの真剣な思いが伝わってくる。

「あぁ、あぁ……」

彼の髪に指を挿し込んだ。掻き毟りたいほどの愛しさと欲情が体内で渦巻いてくる。

佐竹の唇が熱っぽさを籠めて、もう一方に移ってきた。同じように媚膚を吸いあげ、歯のあわいでしごいてくる。そうしながら、いままで愛撫していたもう片方の乳首もつまみあげる。唾液のぬらつきを利用して、乳頭をねっとりと練り込み、押し潰してくる。

桜の腰が、よがりながらくねりあがっていく。

「こんなの……もう……あ、あ、あ……」

せりあがった腰が、彼を求めて宙で踊っている。泣き声を漏らし、ぎゅっとシーツをつかんだ。

「感じる、感じる……おかしく、なっちゃう……！」

唇が蠢きながら、乳首から離れた。ふくらみを辿り、みぞおちのほうへ移動していく。

予感に、腹がピクッとこわばった。

舌先はみぞおちをなぞり、下腹部や脇腹を甘嚙みしてくる。そうしてまた中心線へよじ上り、臍のくぼみに侵入してくる。

端をうねらせる。

「はうっ……！」

弾んだ下腹部で、舌はさらに尖りだす。深々と臍の奥をくじるように、圧迫を寄こして先端をうねらせる。

ぴりぴりっと淫靡な刺激が、尿道にまで伝わった。

妖しすぎる淫感に息もできずにいると、舌先がまた肌を這いおりていく。

「くっ、あ……」

反射的に内股をよじり合わせた。すぐに膝がつかまれ、大きく押し割られた。

開いた太腿のはざまに、佐竹が顔を埋めてきた。

「あぁぁっ……だめ……！」

激しい羞恥に身をよじり、逃れようとした。だが脚を押さえる手の強さに、下半身はびくともしない。佐竹に強引なことをされるだけで、体が動かなくなってしまう。

中心部に突然、あたたかいものが触れた。

「ぅクンッ！」

峻烈な快感が、四肢を駆け抜けた。

濡れた舌が、秘唇の形をなぞるように這い上る。尖らせても柔らかい舌肉がねっとりと上下し、秘裂のあわいに喰い込んでくる。舌肉の体温と唾液の潤いが、じゅわじゅわと媚肉の裏側まで潜り込んでいる。

「はぁぁっ……！」

荒らいだ息がショーツを湿らせ、そのぬくもりがますます膚を痺れさせた。佐竹は無言のまま、薄布にくっきりと浮き上がった秘肉の形を、なお執拗に舐め込んでくる。

「……っ」

声も出せず、桜は震える唇を嚙みしめた。横暴なほどの佐竹の卑猥さが、桜を混乱させていた。

佐竹はさらに舌を、ショーツの脇へ移動させてくる。

「ひぅっ……」

太腿の付け根に直に舌肉が触れた。直後、舌先がショーツの生地をめくるように、内側へ潜り込んできた。

「いやっ、だめ……！」

腰をくねらせる桜を強く押さえつけて、佐竹は舌先を忍び込ませてくる。唾液を滲ませた舌肉をうねうねと蠢かし、もっとも恥ずかしい場所へ攻め入ってくる。

「あぁぁあっ……！」

生ぬるい感触が、秘唇の脇をなぞった。

皮膚の薄い過敏なその箇所を、粘液にまみれた肉先が上下しだしてくる。

「あぁあっ、あぁ、あぁぁぁっ！」

凄絶な喜悦が、皮膚を突き刺した。動き回る舌先から、火花のような衝撃が注がれた。

衝撃は皮膚の下を流れ、全身に伝播し、意識を陶然と眩ませていく。

「はぁっ、あ、あぁっ」

汗が全身にしたたっている。浮きあがった背中にも、佐竹に押さえつけられ、わななくばかりの脚の裏にも。

「佐竹さ……あぁ……」

感じすぎて喘ぐこともできない中、佐竹がショーツに手をかけた。

「だ、め……だめ……あ、あぁぁぁぁ……」

桜は懸命に声を振り絞った。

か弱い抵抗をものともせず、ぐっしょりと濡れた薄布が陰部から引き剝がされた。片方ずつ足を抜かれ、両膝が大きく開かれた。淫感に爛れそうな女の秘部が、彼の眼前に曝け出された。

「ああ、きれいだ……」

「いや、あ、あ……」

必死に脚を閉じようとしたが、もう肉体は完全に佐竹に支配されている。秘唇がふたたび、舌先に覆われた。

「はぁぁっ！　あ、あ、あ……！」

うねる佐竹の舌先に翻弄され、喘ぎ声さえまともに放てない。ただ彼の頭をつかみ、悶えよがる以外にできない。

「甘酸っぱいものが、どんどん溢れてくる」

秘唇の裾野を上下していた舌先が、今度は畝をひしゃげさせて内側に潜り込んでくる。

「あぁうっ……！」

熱い肉先を粘膜に感じた瞬間、感覚が爆ぜ散った。

「んん……美味しいよ、中のほうはもっとぬめっている」

もったりと重みのある舌が秘裂の縁をなぞりあげ、身をくねらせて忍び込んでくる。粘膜を圧迫し、膣襞を逆撫でし、舌全体を限界まで埋め込もうとしてくる。

「あぁぁ……こんな……さたけ、さん……」

途切れ途切れに呼びながら、桜はかすむ眼で彼を見ようとした。

肩をいからせ、執拗にこの身を責めている姿は、男の迫力を漲らせていた。いつも穏やかで淋しげな笑みを浮かべていた彼が、いまや荒れ山を分け入る獣そのものの相形で、この身を欲情で貫いている。

「あぁぁぁ……」

桜の肉体も変調をきたしていた。羞恥を忘れ、抑制を忘れ、寄こされる快感に溺れようとしている。

佐竹は舌を深く潜らせ、粘膜を舐め擦りながら、さらに指を淫核に伸ばしてくる。

「うっ……」

敏感な突端が、両脇から挟まれた。指はそのまま包皮ごしに、うねうねと半円を描いてくる。

「あはぁうっ……！」

瞬間、総身が弓なりにしなった。内と外と、二か所を同時に責められる快感が、全身を妖しく染め抜いていた。絶頂の気配が、地鳴りのようにふくれあがる。

——もっと……お願い……このまま……！

「さ……たけさ……」

佐竹の頭をつかんだ指先で、髪の束を握りしめた。

舌の動きが、一層速くなる。淫核を擦る指も力を増す。

ぐちゅっ、ぐちょっ、ぐちょっ……

——イキ、そう……イク、イク……！

喜悦の高波がうねり、桜の全身を押しあげた。

佐竹が猛烈な勢いで、淫裂をねぶり続けている。ぬめる舌肉が、粘膜のあらゆる場所に凄まじい愉楽を刻み込んでくる。

舌先が、もっとも敏感な場所を擦りあげた。

「あぁぁっ、そこ、そこ……！」

女獣のような喉声を放ち、桜は腰を振りあげた。壮絶な絶頂がとぐろを巻いて肉体中を押し包む。

「イ、ク……あぁぁぁぁぁっ！」

あさましいほどの悲鳴とともに、昂りきった絶頂感が全身を貫いた。肉体が雪崩を打って、墜ち崩れた。

絶頂の余韻に、全身がまだ痙攣している。

意識の眩む中、体を重ねてくる佐竹の気配を、ぬくもりと匂いで感じた。

「桜ちゃん……」

陰部と陰部がぴったりと密着した。ぬめりを帯びた佐竹の先端が、ぐっしょりと濡れて充血した女の肉を圧迫した。

また、下半身が小さく痙攣した。あんなに凄まじく果てたばかりなのに、快感が埋み火のように、肌をじくじくと炙りだす。

「私の知らない私に、なった気がした……」

力の出ない腕で、佐竹の肩を抱いた。

「いまも、そうです。あなたと抱き合っているだけで、また、ここが熱くなる……」

「僕も……」

分身が、秘所に押し当てられた。

「あぁ……」

両脚を佐竹の腰に回した。唇を重ね、舌を絡めた。

「欲しいの……佐竹さん……！」

「んん、んん……！」

焦燥が込みあげる中、甘え声だけを佐竹の口腔に漏らしていた。

佐竹が狙いを定めるように、腰を浮かせた。

「いくよ」

「きて……いますぐきて……！」

熱い露頭が、めりっと音をたてるように秘肉を割った。そのまま一直線に、体内に沈み込んでくる。

「は、あぁぁっ！」

喘ぎを放ち、佐竹にしがみついた。

欲望が噴きあがると同時に、全身に力が漲ってくる。欲しいものをつかもうとする渇望が、この身に烈々と宿りだす。

佐竹は奥まで埋めた分身を、途中まで引き抜き、ふたたびゆっくりと腰を沈めてくる。その動きは絶頂を迎えたばかりの自分をいたわってくれるようで、けれど桜は、奥まで捉えた彼の肉体を逃さぬよう、強く両脚で締めつけた。そうして自ら、腰をねじりあげる。

「う、おぅ……」

佐竹が苦しげなほどに顔をしかめた。

「絞られる、みたい……すごい、気持ちいい……」

「あなたの好きなように動いて。私もそうします。だって、我慢できない……あなたを無茶苦茶に愛したいの……」

自らの粘膜で彼そのものを揉みくちゃにしたくて、桜は下半身を揺さぶった。

「おぅ、う……！」

女の肉の締めつけに、繋がった剛直が脈を打った。いまにもはち切れそうだった勃起肉が、しとどに濡れた粘膜で、いっそう大きくふくれあがった。

「桜ちゃ……うぉ……」

嗚咽とともに、剛直が打ち込まれた。

「あぁぁっ！」

激烈な快感が、足の先から頭まで駆け抜けた。突き抜かれる衝撃が桜の胸を激しく揺らし、脳味噌がぐらぐらと掻き混ぜられていく。

「すごい、肉体が、壊れてしまいそう……もっと、もっときて……！」

「僕も、止まらない、止まらない……！」

突き上げが威力を増した。粘膜を打ち貫き、擦りあげ、子宮ごと内臓を抉り抜いてくる。

「佐竹さん……！」

腰に絡めていた脚を、肩に載せた。もっと深い角度が欲しかった。佐竹もそれを察し、桜の両脚を高く掲げ、さらなる勢いで怒張を打ちつける。

「あぁぁっ……！」

繋がった箇所で、快感が爆ぜた。バチバチッと唸りをあげて、皮膚を肉を焼いていく。

「あなたが、好き……！」

無我夢中で、桜は叫んだ。

「好き、好き、好き……！」

「桜ちゃん……おぅ、おぅ、おぅ……！」

雄叫びのような声をあげて、佐竹が獰猛に腰を振りあげる。

「あぁぁっ、そこなの……っ！」

「ああ、わかっている……ここだ……」

猛々しく出し入れされる肉塊が、粘液を飛び散らせている。収縮した膣内に、みっちりと埋まった佐竹の輪郭と、嵐のような激震が伝わってくる。

ぐちゅちゅっ、じゅぶっじゅぶぶっ——！

「そこよ、ここ、ここぉっ……！」

きつく佐竹にすがりついた。全身をぶつけ、汗をしたたらせて揉み合った。

もつれる体がベッドを転がり、床に落ちていく。

打ちつけた体の痛みもなかった。佐竹と離れないよう、なお脚を絡みつかせた。

「見て、桜ちゃん」

荒い息で囁かれ、示された場所に眼をやった。

息が止まった。壁に立てかけられた全身鏡が、淫らに抱き合うふたりを映していた。

「いやっ……！」

顔を背けた。

だが佐竹が、強引に桜を抱きあげる。

勃起が抜かれた。起こされた肉体が鏡に向けられた。

佐竹が背後に回り、座った姿勢で脚を開かせる。

「いや、やめて……っ！」

佐竹は問答無用に桜の腰を浮かせ、背後から勃起を埋めてきた。

「あぁぁっ！」

「よく見て。僕たちの姿を」

激震がふたたび桜を襲った。ぐちゅぐちゅっと卑猥な音をたて、剛直が膣奥を打ち貫いてくる。

「はぅぅっ、どうして、いやぁっ！」

「見るんだ、桜ちゃん」

必死に首を振った。それでも佐竹の声は魔術をかけてくるようだ。新たな角度から責めてくる喜悦にも、熱く全身を絡め取られていく。

桜は涙に眼をしばたたかせながら、鏡を見た。

鏡の中の自分は、大きく脚を開きながら、あさましく身悶えている。女陰は佐竹の肉棒を咥えて濡れまみれ、淫らにぬめり光っている。

剛直が淫裂に出し入れされる様が、生々しく目に飛び込んでくる。雄々しい肉塊が激しく上下するたび、自身の秘肉がヒクつきながら盛りあがり、剛直の肉襞に吸いつくように伸びたりしている。

「いやらしいよ、桜ちゃん、そんなきみが、愛しい」

淫猥極まりない自分たちの姿に、桜はいつしか眼を引きつけられていた。

腰を振りながら、手が自身の秘所に伸びていく。本能が、悦楽の限りを味わおうとしている。二本の指で淫核を挟んだ。

「あぁ……そうよ、私、いやらしいの……」

淫らな姿を晒しながら、桜はふたたび絶頂に昇りつめようとしていた。

女がいくら頑張っても、男の力強さにはかなわない。女の肉は男を包むようにできており、男の剛直は女を貫くようにできている。そして女は肉を食い破られるほどに欲望を剝き出しにし、果てしなく男を吞み込むのだ。

「桜ちゃん、たまらない……！」

佐竹はなお烈々と自身を打ち込んでくる。

「あぁぁぁぁ……私たち、すごくいやらしい……嬉しい、嬉しい……！」

擦れ合う肉が、泡立って白く染まった淫液を吐き出した。どれだけ吐き出しても、熱い潤みが後から後から湧き出してくる。

「おぉうっ……！」

突き上げが勢いを増した。鏡の中で、佐竹の顔が夜叉(やしゃ)のように歪んだ。

「あぁぁっ！」

桜も子供のような泣き顔で、絶叫を放ち続けていた。

「もっと、もっと……このまま……！」

「いくよ……っ！」

最後の激震が寄こされた。

壮絶な喜悦が体中を揉みくちゃにし、飛沫を上げて天に爆ぜ散る。

「イクっ、あぁっ、あぁぁぁぁぁぁっ！」

「おぅぅうっ！」

ドクドクドクッ——

熱い波濤がふたりを押し包んだ。

そのまま高く高く、何度でも絶頂の彼方へ昇りつめていく。

第八章　アイドルは永遠

会場は人いきれでむっとしていた。

業界関係者と一般応募の客を集めた『新・伝説姉妹』の試写会が、これから行われる。

桜は麻矢、こずえと一緒に、舞台袖のカーテンの透き間から客席を覗いていた。

「良かったよぅ、大入りで」

と、胸を撫でおろすこずえに、

「当たり前でしょ。元トップアイドルの私たちが集結した作品よ。昭和と平成の端境期を生きた人間なら、観ないわけにはいかないわ」

麻矢がツンとした横顔で言って、すぐにハッと息を呑んだのがわかった。視線の先に、彼女の夫、加納和馬の姿が見えた。

「旦那さん、いらしてるわね。ご自分の映画の試写会も明日に控えているのに」

「麻矢、旦那さんとはどうなってるの？」

桜とこずえ、揃って訊くと、

「昨日、離婚届を提出したわ」

「え……」

「えぇっ！」

ふたりの驚いた声に、麻矢は腕を組み、

「でも、それがあいつの手なのよ。自分が引けば女が追ってくることをちゃんと知ってるの。やらしいでしょ」

「『引けば』って、離婚したら終わりじゃないの」

「人と人に終わりはないわ。私だってあいつに負けないもの。もっとやらしいことしてやるんだから」

キラリと光る眼で加納を見つめ、麻矢の形のいい口角が上がった。

「うげっ、なんであいつがいるのよ」

こずえがムクレ顔を投げた先には、元野球選手の夫の姿があった。中央付近の列を大きな体でお辞儀しながら通り、真ん中の席を目指そうとしている。

「くそっ、あいつには私の濡れ場を見せたくないのに」

こずえがブーブーと唇を尖らせる。

「チケットどうしたんだろ、ねえ、あそこらへんってなに席？　昔のツテを頼るような格好悪いことしたのかな」

「ふふっ、ひとりで死ぬほど一般応募に申し込みまくったんじゃないの」

「わ〜、そっちのほうがもっと格好悪い」

「そうかしら」

やり取りするふたりの横で、桜も客席を見渡した。

——あ……

一階の隅の席に、佐竹の姿を見つけた。

必ず観にくると言っていたけれど、こうしてその姿を眼にすると、胸に熱いものが込みあげてくる。

——あなたの感想を、聞いてみたい。

——あなたの知らない私を、見てもらえるかもしれない。

いま、佐竹はいつものもの静かな風情で、ひっそりと客席に溶け込んでいる。

——そんなあなたの、ふだんの自分をかなぐり捨てた男の顔を、今夜も見たい——

「それではお三方、よろしくお願いします！」

スタッフが声をかけた。

客席が暗転し、ステージに照明が灯された。

最初に司会者が登場し、続いて「それではどうぞ！」と、三人を呼ぶ。

麻矢と桜とこずえ、手に手を取って、にっこりと顔を見合わせた。

「行きましょう」

「ええ」

「よっしゃ」

ドレスの裾をひるがえし、舞台へ上がった。

スポットライトが、艶やかに三人を照らし出した。

満場に拍手が一斉に鳴り響き、晴れ晴れしい笑顔のアイドルたちを包み込んだ。

本書は文庫オリジナルです。
「スポーツニッポン」（2013年1月3日〜3月31日）に掲載された
連載「艶唇〜元アイドル伝説」を改題し、加筆・修正しました。

GENTOSHA OUTLAW BUNKO

甘く薫る桜色のふくらみ

うかみ綾乃

平成28年2月10日　初版発行

発行人――石原正康
編集人――袖山満一子
発行所――株式会社幻冬舎
〒151-0051東京都渋谷区千駄ヶ谷4-9-7
電話　03(5411)6222(営業)
　　　03(5411)6211(編集)
振替00120-8-767643
印刷・製本―図書印刷株式会社
装丁者――高橋雅之

幻冬舎アウトロー文庫

ISBN978-4-344-42447-0　C0193　O-116-3

幻冬舎ホームページアドレス　http://www.gentosha.co.jp/
この本に関するご意見・ご感想をメールでお寄せいただく場合は、
comment@gentosha.co.jpまで。